INK

INK INK INK INK INK INK
K INK INK INK INK INK IN
INK INK INK INK INK INK
K INK INK INK INK INK IN
INK INK INK INK INK INK
K INK INK INK INK INK IN
INK INK INK INK INK INK
K INK INK INK INK INK IN
INK INK INK INK INK INK
K INK INK INK INK INK IN
INK INK INK INK INK INK
K INK INK INK INK INK IN
INK INK INK INK INK INK
K INK INK INK INK INK IN
INK INK INK INK INK INK
K INK INK INK INK INK IN
INK INK INK INK INK INK
K INK INK INK INK INK IN
INK INK INK INK INK INK
K INK INK INK INK INK IN
INK INK INK INK INK INK
K INK INK INK INK INK IN
INK INK INK INK INK INK
K INK INK INK INK INK IN
INK INK INK INK INK INK

INK INK INK INK INK
INK INK INK INK INK INK
INK INK INK INK INK
INK INK INK INK INK INK
INK INK INK INK INK
INK INK INK INK INK INK
INK INK INK INK INK
INK INK INK INK INK INK
INK INK INK INK INK
INK INK INK INK INK INK
INK INK INK INK INK
INK INK INK INK INK INK
INK INK INK INK INK
INK INK INK INK INK INK
INK INK INK INK INK
INK INK INK INK INK INK
INK INK INK INK INK
INK INK INK INK INK INK
INK INK INK INK INK
INK INK INK INK INK INK
INK INK INK INK INK
INK INK INK INK INK INK
INK INK INK INK INK
INK INK INK INK INK INK
INK INK INK INK INK

王安憶小說集⑦

崗上的世紀

王安憶・著

目次

【導讀】

在廿一世紀初的台灣閱讀王安憶

邱貴芬

印刻出版的這一部王安憶作品集《崗上的世紀》收錄了兩篇王安憶較早期的作品：〈崗上的世紀〉以及〈大劉莊〉，前者完成於一九八八年，後者則是一九八四年的作品。這部作品乃印刻於二〇〇三年出版王安憶《米尼》以來一系列王安憶作品（總共七部）之一。從一九八八年《雨，沙沙沙》登台以來，王安憶已成爲在台灣知名的中國大陸作家。不僅《中外文學》等知名學術刊物有王安憶的相關文章出現，以王安憶作品爲討論對象的研究所論文也開始出現。台灣文學市場蕭條，但印刻決定於二十一世紀初出版王安憶一系列早期作品，似乎間接印證王德威所言：王安憶「爲八〇年代以來，大陸最重要的小說家之一」。但是，文學作品的意義與市場接受情形，因地而異。跨國文學生產與消費，往往因作品重新置入另一個文化脈絡，而產生意義的折射；跨越到另一個文化情境當中，文學作品之所以引起注意，之所以廣受歡迎，讀者關懷的重點，與原初地往往不盡然相同。台灣讀者究竟如何解讀王安憶的作品？何以對王安憶的小說產生如此迴響，以致於王安憶成爲台灣出版界最受青睞的中國作家之一？換言之，王安憶與台灣的文化情境在哪個節骨眼產生了連結，間接勾引了台灣讀者的閱讀情緒？

我回溯王安憶的「登台」歷史。一九八八台灣的出版社推出王安憶原於一九八一年於大陸出版的第一部作品《雨，沙沙沙》（大陸百花文藝出版社），掀開了往後幾十年王安憶在台灣的出版序幕。一九八八年的台灣，是什麼樣的台灣，造就了王安憶登台的條件？這一年，正是台灣解嚴後一年，一九八七年十二月台灣政府正式宣佈開放一般民眾赴大陸探親，掀起一波台灣老兵「返鄉尋根」熱潮。《雨，沙沙沙》在這個時期於台灣出版，呼應了當時兩岸交流的熱潮。王安憶於一九八〇年代初竄起中國文壇之時，乃是以「知青小說」和「女性情慾」的作家姿態出現。直至一九八〇年代結束，王安憶的作品通常被放在「知青小說」、「女性小說」和「尋根小說」的範疇來討論，收入印刻這本《崗上的世紀》中的兩篇小說頗能反映王安憶此時期的創作特色。讀者從〈崗上的世紀〉裡下鄉女知青因「招工」引發的驚心動魄的情愛場面和〈大劉莊〉裡兩線進行城鄉「血緣關係」的鋪陳，大致可瞭解王安憶此時期的作品何以被放進這樣的脈絡來理解與讚賞（參見王如青）。但是，這是在中國大陸的文學場域。這些以下鄉知青為主要角色的描寫，以及其中所呼應的當時大陸「尋根文學」熱潮，到了台灣的場域，不見得能夠引發台灣讀者同樣的共鳴，此時王安憶作品的意義，或許更要從台灣當時特殊的「老兵尋根」熱潮角度來理解。不過，對另外台灣土生土長的族群而言，王安憶此時期的作品與其說是引發了思鄉之情，不如說是以一種「異國情調」的方式展現一個多年禁絕來往，如今可一窺其貌的「大陸」景觀。至於王安憶創作裡在大陸文壇引發不少討論迴響的女性情慾是否同樣對台灣讀者有同樣的撞擊力，目前我所掌握的資料仍嫌不足，此點存疑。但是，果眞如王德威在爲台灣麥田版王安憶《紀實與虛構》（一九九六）所寫的「序」所回溯，「對照彼時台港作家的水準，她的作品至多得列入中上格」，那麼，我們應可推斷當時台灣讀者初識王安憶的小說，對中國好奇的成分應是大於文學的驚豔欣賞。王安憶要在台灣文壇奠定她的文學地位，恐怕要等到一九九六年《紀實與虛構》出版，王德威爲此書所寫的序以「海派作家，又見傳人」爲王安憶的作品定調爲「上海故事」。

王德威在這篇評論王安憶文壇地位的重要文獻裡，極力讚賞《紀實與虛構》（原一九九四年人民文學出版社出版）、《長恨歌》（原一九九五年作家出版社）兩部以上海爲背景的長篇小說爲王安憶開創了小說創作的另一番格局。參照中國大陸評論家對王安憶創作歷程的討論，此番說法大致是目前王安憶小說論述普遍爲大家接受的共識。不過，不同的評論家對王安憶一九九〇年代以來「上海小說」（除上述兩部小說之外，還需加上二〇〇〇年湖南文藝出版社出版的《富萍》）呈現的到底是什麼樣的上海，看法不盡相同。王德威著眼於王安憶與張愛玲之間的傳承，鋪陳「海派小說」系譜。這是把王安憶放在（張愛玲）小說傳統裡來解讀，尤其側重其中的愛欲追逐，繁華春夢。另一派的論者則以王安憶小說與全球化潮流的交鋒爲重點，從王安憶小說裡所描繪的弄堂市民觀點來關照上海的過去與未來。這些評論者關懷的是王安憶小說如何從最底層、最日常生活的層面來回應十九世紀以來上海作爲「東方巴黎」、站在中國時代前鋒的歷史角色。例如，中國學者俞洁即認爲，「作者想要表達的，是作家本人對上海的認識，即對上海這個具有一百多年歷史的城市的理解，尤其是構成這個城市核心部分的『文化』的變遷的理解。從上海這個城市的『文化』或者說『氣質』入手來描述上海，這可以說是王安憶小說在上海譜系的作品中的特色所在」（頁六八—九）。而這樣的上海氣質，不是「政壇上的風雲變幻、交易所裡的跌宕起伏、舞池裡的燈紅酒綠、而選取了上海的弄堂，即普通上海市民的日常生活場所來作爲自己故事的主要場景」（頁六九）。如果從「全球化都會上海」的這個角度來解讀王安憶一九九〇年代「上海故事」的重要性，我們當可理解何以她被視爲中國當代最重要的作家之一。我們或可說王安憶的「上海故事」透露的正是中國面對全球化衝擊，產生的期待與焦慮。中國學者王曉明在一篇非常有意思的論文當中提到，上海在一九九〇年代重登歷史上「弄潮兒的高位」，上海蓬勃發展，「彷彿獨得了『全球化』的先機，儼然是『國際大都市』」，上海市民覺得終於又可揚眉吐氣，成爲東亞代表性的「全球化都會」（頁九～十）。王曉明認爲，九〇年代以來上海掀起的「懷舊風」始終流連在一九二〇、一九三〇年代，以過去『輝煌』的歷史給自己墊底」，打造未來「國際大都市的身段」（頁十一）。而王安憶特意選擇一九五〇年代的上海作爲《富萍》上海故事的背景，除了抗拒當紅上海懷舊論述殷殷回顧一九二〇、一九三〇年代上海，簡化上海歷史的傾向，介入這連結一九二〇年代與現在所透露的迎合「現代化」意識型態之外，從底層人民日常生活視角寫出上海文化的趣味，從而「處處與那新意識型態編撰的老上海故事拉開距離」（頁一三）。換言之，透過這樣的上海書寫，王安憶重新想像生活的可能模式，並從中展現對當中國現代化潮流的反思與批判（頁一八）。放在「上海故事」這個脈絡來看，王安憶的小說最大的意義應該就是王安憶如何透過小說寫作回應「全球化上海」的熱潮（參見黃宗儀），並從中展開一場有關中國未來生活想像角力和對話的網絡吧？

延續這樣的思考路線，王安憶「上海故事」背後其實還有一個更大的企圖，那就是以文化、以文字「介入」對中國未來生活想像藍圖。如此解讀王安憶，或許我們可以理解一九九〇年代以來王安憶何以不只寫「上海故事」，還持續所謂的「鄉村系列」小說。在從出版《長恨歌》的一九九五到二〇〇〇年的《富萍》之間，王安憶的「鄉村」小說一部部問世：《姊妹們》（一九九七）、《隱居的時代》（一九九九）等。也因此大陸的另一位評論者王雪瑛認爲王安憶的創作「有輪廓清晰、界線分明的兩個區域：一個是以上海爲代表的都市，另一個是以『大劉庄』或是『小鮑庄』命名的鄉村。」（二〇〇一，頁四五）我認爲「兩個區域」的說法大致不錯，但是「界線分明」可能只是表象。王雪瑛所說的王安憶筆下「審美的農村」（頁四八）和上海弄堂的底層市民日常生活空間或許有個共同點：王安憶透過這些農村和都市庶民記憶和生活空間，探索「全球化上海」所代表的中國敘述之外，是否有另一種生活想像以及未來敘述發展的可能？

走筆至此，我想起二〇〇三年朱天心在日本東京「台灣文學作家座談」裡的一番話：

這幾年來，我看到被視爲上海書寫代表並一直有相稱表現的共和國女兒王安憶，在全世界傾力開發上海的急速現代化當口，採取抑鬱拒絕、返身寄情於前開發狀態的江南小鎮的書寫（例如近期作品《上種紅菱下種藕》）；我看到特具知識份子身份的李瑞仍徘徊於「厚土舊址」；我知道剛出版厚厚上下兩冊鉅著《四十一炮》的莫言又有了十二萬字關於山東高密的長篇開頭，當然還有走得最遠，無論形體（西北邊疆）精神（伊斯蘭信徒）的張承志……。

朱天心的意思是，這些「傳統」的空間提供了一種「走避逃遁的空間」，如同台灣作家夏曼·藍波安的「蘭嶼」、李昂的「鹿港」，作家因而免於正面迎戰現代化的衝擊。眞是這樣嗎？王安憶的一九五〇年代的上海弄堂有多「傳統」？這樣的「傳統空間」是一種凝固的、現代化潮流之外的空間嗎？還是現代化潮流「裡」的一種「變奏」，因而得以與代表「全球化上海」光鮮亮麗的景觀形成一種張力，開發另一種規劃未來的可能？這是個値得琢磨的議題。但是且讓我們再回到跨國生產網絡的王安憶。

身爲台灣讀者，我仍不想輕易放過「王安憶小說在台灣」這個問題。前面提到，王安憶的小說於一九八〇年代登「台」，與當時台灣開放外省族群回鄉省親有密切關係。王安憶之前，一九七〇年代陳若曦一系列的大陸文革小說也曾在台灣文學市場引起不小的波動，《尹縣長》（一九七六）、《文革雜憶》（一九七九）是膾炙人口的例子。但是，當時陳若曦的這些文革小說提供台灣偷窺中國大陸的窗口，最大的效應應是再次印證台灣的「文革」印象。我認爲其中〈晶晶的生日〉寫文革生活的風聲鶴唳，堪稱上乘藝術之作。王安憶知青小說雖然仍以文革時期爲主要背景，由於情色主題相當搶眼，與陳若曦的文革小說大異其趣。把本書所收納的〈崗上的世紀〉和陳若曦的《尹縣長》對照閱讀，我相信讀者可看出許多趣味。王雪瑛認爲王安憶的知青小說與大陸新時期文學的文革小說不同之處就在於王安憶著眼於渲染一種「鄉村審美形式」：

（一般知青小說）無論是上山下鄉，接受再教育，還是由勞動改造到思想改造，是知識青年還是知識份子，都是被一種不以自己的意志爲轉移的力量拋入鄉村的。這些作品的主題往往是「苦難」與「拯救」，作家關心的常常是人物在精神的煉獄中的靈魂掙扎與自我拯救，鄉村只是浸透著苦澀記憶的背景，而鄉村自身的質地、理念與美感形式被遮蔽了……在鄉村極有湮染力的生活中，她（王安憶）發現了鄉村生活的審美形式，她的一系列同類題材的作品中，以平白的舒朗的筆觸再現了一個感性的、審美的性質，上升爲形式。（頁四八）

他隨之援引王安憶自己的話：「我寫農村，並不是出於懷舊，也不是爲祭奠插隊的日子，而是因爲，農村生活的方式，在我眼裡日漸成現出審美的性質，上升爲形式」（二〇〇一，頁四八）。但是，「農村作爲一種審美的性質，上升爲形式」，這句看似漂亮的話，到底是什麼意思呢？所謂「審美性質」到底內涵爲何？又如何「上升爲形式」？這顯然是還需追究的問題，而一九八〇年代末期的台灣讀者有多少體會到這樣的鄉村審美形式，我不敢說，從中得到期待的「異國風情」中國想像的滿足，倒是應不難理解。

但是，「異國想像」通常止於膚淺的品嚐，如果沒有更深層的結構支撐，總是曇花一現的流行風。王安憶要在台灣文學場域留下深刻的足跡，還需要其他一些特色，連結台灣較深層的文化結構。王德威在一九九六年出版的《紀實與虛構》中以「海派傳人」定義王安憶，大力鋪陳王安憶與張愛玲的傳承關係應是關鍵。張愛玲在台灣文學的歷史流程裡堪稱一個「傳奇」，歷久不衰，擁有廣大的「張迷」。「海派傳人」這個名號讓王安憶與台灣的文化結構找到一個可以焊接的超強連結。除此之外，王安憶的上海小說也剛好呼應了一九九〇年代中葉之後台灣興起的「上海熱」。這個熱熱與一九九〇年代台商往大陸投資當然有密切關係。我記得二〇〇〇年之交，台灣報紙副刊推出一個「書寫上海」之類的活動，文宣中提到，一九九〇年代中葉台灣流行的問候語「妳去過上海沒有？」已逐漸被「何時才從上海回來？」取代。「上海」經驗成爲一種時尚，代表一種休閒又與歷史連結的都會「旅行」姿態。另一方面，王安憶《紀實與虛構》的自傳體／歷史書寫與夾敘夾論的世故敘述風格又與當時台灣小說的流行不謀而合：朱天文的《荒人手記》（一九九四）、邱妙津的《鱷魚手記》（一九九四）、平路的《行道天涯》（一九九五）、朱天心的《古都》（一九九七）、乃至舞鶴的《餘生》（一九九九）、和李昂的《自傳の小說》（二〇〇〇）都可以作爲王安憶《紀實與虛構》書寫方式的參照。二十世紀之交「全球化都市」論述的興起，讓王安憶的上海書寫更有另一番論述轉折的空間。王安憶創作與當代文化氛圍的密切對話造就了環繞著她的綿密論述網絡。

那麼，在廿一世紀初的回到王安憶一九八〇年代的「知青」小說——比如說，〈崗上的世紀〉以及〈大劉莊〉，我們又可以得到什麼樣的樂趣或啓發？如同台灣的評論者范銘如教授在《閣樓》這部王安憶作品集導讀裡所言：「見識過王安憶在九〇年代操演家國歷史的想像力之後，再回顧她寫於八〇年代的作品，還眞讓人有種反璞歸眞的況味」（頁五）。〈崗上的世紀〉從女知青下鄉，爲了「招工」勾心鬥角而引發出來一段情慾故事。故事進展當中，情慾書寫逐漸成爲主軸，王安憶的男歡女愛不是都會男女世故的兩性遊戲，反更貼近周蕾的一本書名：《原初的激情》。且看這段文字：

這時候，他才覺得無羈無絆，無比的自由。精力十足。他好像一條強壯的大魚一般，在黑暗裡游動，將黑暗攪動得十分不寧。哈哈！他笑道，哈哈，多麼字在啊！他高叫著。他力大無窮，又身輕如燕。他挾裹著她無聲地落在地上的棉被上。他細長的身子能屈能伸，舒展異常。他的身子在霎那間「滋滋」地長出了堅韌的肌肉，肌肉在皮膚底下轟隆隆地雷聲般地滾動。他的皮膚漸漸明亮，茁壯的汗珠閃爍著純潔的光芒。唉呀，奶奶的！他興高采烈地嚷者，高興得像一個不曉人事的孩子。他甚至無緣無故地在空間踴騰著兩條古怪的長腿，汗珠從稀疏的汗毛上落下。我能活一百歲，不，一千歲！不，一萬歲！（頁八八）

台灣擅長情慾書寫的女作家不少，但是寫得如此無憂無慮，彷彿回到太古之初，卻不多見。而這樣的場景是兩人冒著生命危險，奮不顧身地進行。〈崗上的世紀〉寫情慾之難以束縛，天雷地火的感官之樂，是結構相當完整的小品。這樣的情慾書寫，論者認爲王安憶早期的「知青小說」，「向人們展示了知青少女……的情緒世界，可以說是處於動亂多變的複雜還中純情少女的纏綿而又激盪的心靈寫照」（王如青，一九九四，頁五四）。〈崗上的世紀〉中的女主角或許難以用「純情」來形容，但基本上讀者可以從這篇小說一窺王安憶早期小說之特色。台灣女作家的情慾書寫要到一九九〇年代才大放「異」彩，王安憶在一九八〇年代的大陸文壇打開如此局面，無怪乎往往被推許為「突破文革文學愛情禁區」的拓荒新世代代表作家（施淑）。收在此集中，早幾年發表的〈大劉莊〉分城鄉兩線進行，企圖與〈小鮑莊〉互相對照，結構上則略嫌鬆散。〈大劉莊〉一般被視為〈小鮑莊〉的姊妹作，歸入「尋根」小說來解讀。小說一方面呈現城市裡知識青年下鄉插隊之前的生活，一方面呈現他們即將前往的農村的生活。不過，需注意的是，小說裡的農村並非以一種救贖的姿態來對照城市。農村的封閉與女性在其中與傳統習俗搏鬥的艱苦，都令人怵目驚心。代嫁姑娘大志子有苦說不出的等待、迎春努力生兒子的壓力、小勉逃婚而不知去向所展現的決心，在在都顛覆了農村作為一個烏托邦想像來映照城市負面種種的假設。〈崗上的世紀〉裡的農村，也同樣不是個素樸的環境，不僅上演了「招工」的勾心鬥角，也暗示緊密社群生活對個人自由的箝制。這樣的農村，如何成就王安憶所說的農村作為一種「審美形式」？農村作為一個較接近（逐漸逝去的）烏托邦意象，在〈冷土〉（收於印刻王安憶作品集5《冷土》）這篇小說裡有較明顯的鋪陳。一心往城市發展的農村女孩驀然發覺，被自己所鄙視而企圖擺脫的家鄉所擁有的踏實和溫暖，是目前在城市生活的她已召喚不回的生活模式。但是，即使強調農村生活的美感，我們卻也無法忽略了王安憶〈崗上的世紀〉和〈大劉莊〉這兩篇小說已隱然浮現的農村現實種種。

就這個層面而言，收在此集裡的兩篇作品，可以讓我們更深刻探討王安憶的「農村審美形式」究竟是什麼，並更進一步引伸重返她的上海小說，細心體會小說透過弄堂日常生活空間，究竟演繹了什麼樣的生活想像，何以能成爲眾評論者所說的「批判空間」，抵抗「全球化都市」的上海敘述？這問題恐怕不是那麼簡單。換言之，以「庶民生活空間」對比「全球化都會發展敘述」來理解王安憶切入中國未來生活想像的企圖，恐怕大大簡化了其中涉及的複雜議題。「以底層生活空間對抗全球化敘述」這樣的論點現在於文化論述已相當常見，幾成窠臼。但是，所謂「底層人民生活空間」應試什麼樣的空間，除了便利地作爲「傳統」的隱喻，與「全球化」概念相對照之外，它究竟指涉什麼樣的內涵，才可以不落入「浪漫的懷舊」，開展其他層次的另類生活願景？回到王安憶作品本身，仔細咀嚼所謂「農村審美形式」與「上海弄堂庶民生活」的內涵，恐怕是較實際的作法。本書〈崗上的世紀〉和〈大劉莊〉可算提供這樣追尋的一個切入點。

（本文作者爲中興大學台灣文學研究所教授）

引用書目

王如青，一九九四。〈自覺的嬗變與自我的超越：評王安憶的小說創作〉。《天津師大學報》一九九四年第三期。

王曉明，二〇〇二。〈從「淮海路」到「梅家橋」——從王安憶小說創作的轉變談起〉《文學評論》二〇〇二年第三期：頁五—五〇。

王德威，一九九六。〈海派作家，又見傳人——論王安憶〉。收於王安憶著，《紀實與虛構》。台北：麥田。頁七—廿五。

王雪瑛，二〇〇一。〈生長的狀態：論王安憶九十年代的小說創作〉。《當代作家評論》二〇〇一年第二期：頁四四—四九。

朱天心。〈一場與現代化的遭遇戰——我的台北城市書寫〉。台灣作家訪日代表團座談會，二〇〇三年十一月九日明治大學。

范銘如，二〇〇三。〈導讀：蓬門未識綺羅香〉。收於王安憶著，《閣樓：王安憶作品集4》。台北：印刻。頁五—九。

俞浩，二〇〇二。〈上海城市的當代解讀——評王安憶的兩個長篇：《長恨歌》與《富萍》〉。《杭州師範學院學報（社會科學版）》第四期：頁六八—七一。

施淑，二〇〇六。〈導讀：看！這個人〉。收於王安憶著，《冷土：王安憶作品集5》。台北：印刻。頁四—八。

黃宗儀，二〇〇四。〈都市空間的生產：全球化的上海〉。《台灣社會研究季刊》第五三期：頁六一—八三。

〈崗上的世紀〉

他的努力盲目而且絕望，徒然地將她壓進了溝底。他的身體遮住了月亮，她好像陷入了暗無天日的深淵。

第一章
大楊莊

大楊莊是一個大莊，楊姓是個大姓。自從老爺爺來到此地場扎根，如今已有五十四代傳人。不論男女老少，大家全都親切地稱這位開宗先祖爲老爺爺。湖裡的乾溝是老爺爺開的；西頭的枯井是老爺爺打的；老爺爺種的大槐樹空了心，裡頭可以躲四個藏貓貓的小孩兒。族譜的頭一頁上就記載著老爺爺的事蹟。族譜是從第七代傳人手裡修的，那一年裡出了一個人材。族譜代代相傳，最後傳到了老隊長手裡。老隊長是第四十九代裡最後一名傳人了，兩年前老隊長退位給他的兒子楊緒國。可是大家依然叫他老隊長。楊緒國，則被叫做小隊長。

知識青年上山下鄉的時候，大楊莊來了三名學生，全是女的。一個是上海來的，姓王，另兩個是從縣城街上來的，姓楊和姓李。姓王的學生是新調來的縣長的熟人，來了之後就要揭階級鬥爭的蓋子，消滅封建宗法。串連幾家外來小戶暗暗地鬧了一陣。後來被上面挑中做了知識青年積極分子代表，上省裡開了會回來正遇上招工，就讓縣公安局招去做幹事了。那姓楊的學生起初也跟姓王的鬧騰，然而卻不夠「典型」，既沒當上積極分子代表，招工也沒爭過那姓王的，哭了一夜就提些酒什麼的上老隊長家去要求將自己這個「楊」姓續進楊莊的班輩。老隊長先讓她回去，過了三日才又將她召去，將她排入「緒」字輩，與楊緒國同輩，從此兄妹相稱。楊緒國有時候會想，要是姓楊的學生換了那個姓李的，就好了。姓李的學生名字叫作李小琴。她沒有姓王的後台和能量，也沒有姓楊的權宜之計，可是她想：我比她倆長得都好。這使她很驕傲。這時候，街上已經颳風，第二次招工要開始了。又過一段時間，莊裡也颳風了，說這一回大隊無疑是推薦姓楊的學生。李小琴就有些著急，傍晚收工後，跑到楊緒國家，在門口「楊緒國，楊緒國」地叫。楊緒國去井沿挑水了，他媳婦在園子裡割韭菜，老隊長已經和楊緒國分家，分前後二進住著，在後堂屋聽了這叫聲，覺得很輕薄。李小琴叫了一陣沒回應才跑了。跑到一半，碰見了挑水的楊緒國。瘦瘦長長的身子，駝了一點背，挑了兩桶水穩穩當當從暮色裡走來。走到她面前，便微笑著，露出一行很結實的白牙。李小琴一看見他，就哭了。眼淚從她結實飽滿的臉頰上滾落下來。楊緒國擔著水站在她面前，微笑著說道：

「出啥事了，李小琴？」

李小琴抽抽噎噎的，卻也不去擦眼淚。暗沉沉的天色裡，她的臉頰、脖子，以及肩膀的線條都顯得格外柔和，叫人看了心裡軟軟的。她抽噎了一陣子，才抬起手，用手背抹了一下臉。她飽滿的小手就像孩子的一般，很逗人喜愛。

「出啥事了，李小琴？」楊緒國又問了一聲。他將扁擔橫在背上，雙手繞到後面扶著，低了脖子，很像一隻大馬蝦。

她這才說道：「楊緒國，我表現怎樣，你可不能裝作不知道。割豆子，拉滾子，挖溝，抬糞。割麥子時候，我長了一身瘡，也沒請假回家。」李小琴拉起褲腿，露出結實白皙的小腿，腿面上有一個疤，光潔如同一面鏡子，周圍有一些捲曲的汗毛。

楊緒國很快地看了一眼，然後說：「我可不是常常說你好的，李小琴？」

李小琴放下褲腿，滿臉的淚痕，忽然一笑：「我知道你是有良心的，楊緒國。」

楊緒國就說：「怎麼又笑了？」

李小琴白了他一眼，讓過路兀自走了，走了兩步又回頭說：「楊緒國，你說話要不算話，雷劈死你！」

楊緒國也回頭笑道：「我說過什麼了？我什麼也沒說。」

然後兩人分頭走去，心裡都有一點高興。李小琴想：看上去小隊長不煩我，還有幾分歡喜似的。楊緒國想：這學生的小腿肚子很滿。他們一邊想一邊各自回家。李小琴和那姓楊的住一屋，卻分兩鍋吃，她進屋時，姓楊的學生已經在吃了。於是她就燒鍋，鍋開了，攪進去麵糊，做一碗疙瘩湯。她倆本已經不大說話。姓楊的低了頭顧自喝稀飯，李小琴卻很親切地問她今天做什麼樣的活，做什麼樣的飯食，等等。姓楊的心裡疑惑：她今天怎麼了？嘴裡又不好不應。李小琴心裡暗道：妳姓楊有姓楊的活路，我姓李也有姓李的活路。那楊緒國這時也吃飯了，雖說分家，吃飯前，他還得跑後頭邀一聲：「爹，吃吧？」老隊長就說：「你們吃。」他才退出，老隊長卻又叫住他道，方才姓李的學生來找，他說半道遇見了。問他有什麼事，他搪塞道，大約是聽見招工的風聲來探信的。老隊長說：這是大事，有國家的政策，可不能胡亂說的。楊緒國就說：「哪能，我是黨員哩！」

這期間，姓楊的母親從街上來了一回，專來拜訪老隊長，老隊長留了飯。飯上，她母親趕著老隊長叫大伯，又叫楊緒國大哥大哥的，叫高了一班輩份。走時，老隊長讓楊緒國打了一籃杏子，說是帶回街上嘗新，也算是走了一遭親戚的意思。姓楊的母親挎了一籃杏，很風光地走過莊子，上了回家的大路。莊子裡人都說，姓楊的學生是必定要走了。第二日，李小琴截住了挑水的楊緒國，這時候，月光已經升起了。她眼睛定定地望著楊緒國，漸漸地湧上了淚水，月光下盈盈的。半晌，她才說：

「楊緒國，說你說話不算話，你果真說話不算話。」

楊緒國肩上擱了滿滿一挑水，水平平的一動不動。他的長脖子朝前微微伸著，推平的頭髮裡滲了一些白頭髮。他說：「李小琴，我真的沒有說什麼話呀！」

李小琴的眼睛完全讓兩汪淚水遮住了，她顫抖著聲音說道：「你還有沒有心肝啊，你！」

楊緒國感動起來，他定定地站在那裡，兩桶水平平的。然後他說：「我對你怎樣，你很知道的。」

李小琴一跺腳：「我不知道，我不知道。」

楊緒國有些頭暈，就接著說：「你知道，你知道。」

於是，李小琴用手指撣灰似地擦了一下眼睛，眼睛忽然變得明亮無比。她朝前走了一步，昂起臉說：「滴水之恩，我將湧泉相報。」

這時候，楊緒國看見了初升的月光下，她的臉頰柔嫩得像一個嬰兒，嘴唇突起，十分鮮艷，就很匆忙地說道：「什麼恩不恩，報不報的！」繞過李小琴走了。

轉眼間麥子黃了。招工的消息一會兒有，一會兒沒有，搞得人心浮動。大楊莊的兩名學生按下心在地裡割麥，不像有些人那樣，天天上街探消息，給人們留下了良好的印象。今年麥子長得很好，麥粒鼓鼓的。是採用新式的耩播，好比耕豆子一樣，所以人們是分路子割的。姓楊的學生很瘦弱，第一天割四路子，第二天割兩路子，到了第三天只割一路子，還跟不上趟。挨著好心人就捎她幾把，挨著存心看笑話，又暗暗與楊姓不和的人，就隨了她去。過了不一時，就見乾乾淨淨一片地上，剩著孤零零的一溜麥子，風一吹就左右搖擺，姓楊的學生歪歪扭扭在後頭一棵一棵地割。李小琴就大不相同了，她從頭到尾都割六路，手上纏塊白手絹，小鐮刀磨得飛快，彎彎腰索索地割到前去了，不一會兒，粉紅底小白花的襯衣就汗濕了貼在背心上，映出貼身的汗褂兒，幾乎能看見汗褂上的針眼兒。她腦袋上扣了頂沒帶子的草帽，帽子卡住眉毛，一雙黑眼睛溜溜的。大楊莊的人都說，學生和學生，也很不一樣。割麥子的時候，一早和一晌的飯都是在湖裡吃的，由兩個半大孩子，挨門挨戶去領了飯，再一統送到湖裡。姓楊的就在楊緒國家帶伙，李小琴沒找地方帶伙，自己一早帶了來，一包饃饃，兩個青皮鹹鴨蛋，就了脆黃瓜也吃得很好，臉紅撲撲的。那姓楊的學生任是喝稀的吃稠的，也是青黃的臉皮，倒像是受了大委屈。人們便更加感嘆了。

吃飯的時候，姓楊的學生趕了楊緒國叫大哥，又趕了他家裡的叫大嫂，就一家三口人團團坐了一堆，在一個碟子裡撿蒜瓣子吃。李小琴坐在一邊，抱著膝蓋，仰起臉咬饃饃，草帽子幾乎落到了鼻子上，越發顯得俏皮。她的眼睛從草帽下溜過去，朝了楊緒國微微地笑，笑得他很不自在。吃過飯，送飯的孩子收拾了家什回莊，人們橫七豎八地倒在乾溝裡打盹，李小琴挑了半個麥垛半躺著。楊緒國就走到李小琴跟前說：

「明日你也在咱家帶飯吧，李小琴。」

李小琴瞅了他一眼，慢慢地說：「我又不姓楊。」

「你是下放學生，我有責任照顧你。」楊緒國說道，蹲下身子往菸鍋裡裝菸。

李小琴嘻嘻地笑了。

楊緒國就有點害臊似的，不高興道：「正經的說話，你笑什麼？」

李小琴還是嘻嘻地笑，楊緒國站起身一甩手要走，不料李小琴腳下使了個絆子，楊緒國險些兒栽倒，真惱了，卻見寬寬的草帽簷下一雙黑溜溜的眼睛正瞧著自己，不由一怔。那眼睛一眨不眨地看定了他，然後慢慢地說：「楊緒國，你不要怕。」

楊緒國站定在那裡，太陽曬在他推平了的頭頂，他很方正的額上角有一些細密的汗珠。四下裡此起彼伏一片鼾聲。然後他又慢慢地蹲下去，微笑道：「我怕什麼呀？」

李小琴下巴一抬，草帽落下來蓋住了臉。她胸前第二顆和第三顆釦子之間，撐開了一個口，露出白生生的汗褂冉冉升起一股乾燥的熱氣。楊緒國迅速地站立起來，嚯一聲吹響了哨子，叫道：「割麥啦！」人們在乾溝裡蠕動著身子，慢慢地掙扎起來。日頭明晃晃懸在中天。

割過麥子收春紅芋了。李小琴很會刨紅芋，雙手一前一後握住抓鉤，輕輕提起，重重落下，落到一半即收起勁慢慢、慢慢地一拉，一嘟嚕紅芋便拉了出來，夠那姓楊的學生拾半天。她脖子上搭一塊白毛巾，穿一件綠格子線呢舊褂子，兩根鼓槌似的小辮，隨了身體的動作悠蕩前、悠蕩後。歇歇時，她一手抓三兩個紅芋，從紅芋趟上橫跨過去，頎長結實的兩條腿一躍一躍的。她跑到大溝邊洗了紅芋，就手往搭在胸前的白毛巾上擦了，然後脆脆地咬一大口，「咕嗞咕嗞」吃得十分香甜。而姓楊的學生則用一把小刀慢慢地削皮，刀子小，紅芋大，削得狗啃似的。人們說，那姓李的學生做什麼事都有個利索勁，而姓楊的正巧相反，做什麼，什麼就彆扭。

太陽落下的那一刻，紅芋地裡是十分好看的。一趟一趟的地壠伸向天邊，在天邊收住。

就在那收住的一點上，停了半輪太陽，收工的社員們就背了這太陽，沿了紅芋趟一步一步走去。他們肩上背了糞箕子，糞箕子裡裝了一柄抓鉤，由於夕陽的映照，身體的輪廓鍍了一道金邊。紅芋地往往是在村莊的北面，離村莊不遠，房屋刷白的後牆，襯著發黑的茅草頂，分外的美麗。莊裡傳來了雞叫，狗吠，還有孩子的哭聲。

楊緒國帶了起紅芋的婦女收工回家，漸漸地落在了後面。婦女們一個個趕過了他，急急朝前跑去。踉蹌著跑上大路。一邊跑一邊彎腰拾著路邊的樹枝，好回家燒鍋。頭髮從她們額上披落下來，糞箕子在她們撅起的臀上一顛一顛。她們努力交替著短腿，跑得很遠。楊緒國忽覺腰裡被人狠狠地捅了一下，正要叫痛，卻見李小琴走過他前去，腳步十分輕盈，嘴裡還哼著歌曲，垂肩的小辮撥郎鼓似的一擺一擺。夕陽的餘暉很細膩地勾出她勻稱的身形。楊緒國心裡想：這學生是怎麼長的？他走在她身後，保持了兩公尺的距離。天色漸漸暗下去，李小琴變成了一個影子，黑黝黝的。她的肩膀、胳膊、腰、腿，很有節奏地活動，好像舞蹈一般。楊緒國又想：這學生是人還是鬼？他正思忖著，不料腳下一絆，馬上就要跌倒，朝前衝了幾步，才勉強站穩，驚出一身冷汗。只聽身後有嘻嘻的笑聲，回頭看見一個人影蹲在地上，像在繫鞋絆。他想發火，又按捺住了，只是定定地望了她。她不慌不忙地繫好鞋絆，站起來，走過他的身邊，竟用那小而圓的肩頭去抗他的胳膊。他默默地一閃，讓她過去了。

進莊了，煙囪裡升起了白色的炊煙，天是深藍色的。兩人一前一後進了莊子，各自走了。心裡都有些發慌，李小琴想：可別弄巧成拙了。不料楊緒國心裡也在想同樣的話，不過換了一種說法，叫作：可別吃不著羊肉，反惹一身膻。李小琴回到自己的土坯屋，見門鎖著，那姓楊的出去了，便自己開了鎖進屋。也沒心思燒鍋，黑著燈坐在床沿上發愣，心裡不由得害怕起來，騰騰地心跳。屋裡一片漆黑，伸手不見五指。過了片刻，才從窗洞裡射進一線月光，照亮了破舊的小屋，屋頂上懸了一張巨大的蜘蛛網，有蛐蛐兒在牆角歌唱。她心裡十分發愁，不知道下一步該怎麼辦。該做的她都已經做到，如今已黔驢技窮了。月光漸漸地移到她的身上，她愁眉不展的樣子，看起來非常的美麗。別人家裡的話匣子都在播送歌曲，唯有這一間土坯屋沒有扯有線廣播，安靜得沒有一點聲音，那隻蛐蛐兒也不唱了。楊緒國到家的時候，女人正在燒鍋，顧不得哄孩子，那小的正坐在當門地上哇哇大哭，見爸爸回家，就抱了他的一條腿，昂起頭往上看他，像看一個巨人。他將孩子抱起，讓他坐在自己的肩上，走到後邊去見父親。後堂屋裡坐著姓楊的學生，坐在一張小板凳上，眼睛垂地。老隊長並不說話，吸著菸袋，蹲在一條長凳上，身披一件羊皮襖，直垂在凳面以下，看起來，活像一隻鷂鷹。姓楊的學生見他進來就起身叫：「大哥，回來啦！」他笑嘻嘻地應著，問那姓楊的學生吃過飯沒有，做活累不累，等等的問題，姓楊的學生就一一地回答。他嘴上說話，心裡在揣測：那李小琴究竟要將事情做到哪一步？然後又不安地想道：假如李小琴要將事情做到那一步，應該怎麼辦？想到此處，不由得一陣心跳，額角上的青筋也暴突起來。這時候，肩上坐的小孩尿了，姓楊的學生就立即將孩子接了過去。他望了肩膀到胸前的一片漉濕，不曉得是發生了什麼事情。老隊長蹲在長凳上吸著菸袋，菸鍋一明一暗，話匣子裡開始唱歌。

第二天，楊緒國懷著一種戰戰兢兢的心情，出工了。這一天的活路是撇大秫秫葉。幾十個人拉開陣，一齊鑽進秫秫棵裡，只聽一片嘩啦啦的聲響，秫秫棵將人全埋住了。青青的葉子搖擺著，太陽在秫秫頂上很遠地照耀。隱隱約約傳來笑聲與說話聲，轉眼間又沒了，只有一片秫秫的嘩響。楊緒國心跳著，眼睛前一陣一陣冒著金星。汗在他粗硬的頭髮茬裡流淌，沿了額角往下瀉，刹那間，他滿臉是汗，藍色的背心濕透了。他屏住聲息聆聽四下裡的動靜，幾十種蟲子嘰嘰噥噥地叫，他忽然渾身一機靈，似乎有腳步聲朝他過來，一隻癩蛤蟆被他輾死在腳底了。他有一下沒一下地撇秫秫的老葉，青青的葉子在他眼前蕩漾，日頭在很遠的天空懸掛，天上沒有一絲雲彩。他忽然迷了方向。在秫秫地裡胡亂走起來，直到發現面前的秫秫棵已經撇清了老葉，才明白自己是走亂了。再想回到原先的地方，卻又找不到。他蹓水似地嘩嘩在地裡走著，用手分開秫秫棵，自己也不知道是到了什麼地方。這一日，李小琴好像躲了起來，始終不讓他看見，他只是聽見有人說，那姓李的學生很會撇葉子，還聽人叫她一同走家。心想：她是玩的什麼把戲？

再一日，天下雨了，沒有活計做，李小琴本想上街回家看看，可是見姓楊的學生不回家，她也就不回了。姓楊的學生去串門了，她本也想去串串，可是身上懶得很，不想動，就找了幾雙手套拆了，織一件線衣。門外有人走過，咯吱咯吱地踩著泥，梁上的燕子呢呢喃喃，她心裡空空的，不知道將來會怎麼樣。她沒有鐘錶，不知道是什麼時間，姓楊的學生總不回來燒鍋，天色卻像是黃昏。她不知飢也不知渴，木木地坐著，那蜘蛛在牆角辛勤地織網，地上有細小的土色的蚱蚤蹦跳過去。她心裡恍惚得很，像是得了病，便虛掩了門，躺在床上，迷迷糊糊地睡著了。夢裡，楊緒國朝她笑著，還用一根指頭朝她一點一點，然後就有人開她的鬥爭會。夢醒之後，就發起燒來，她才明白，是眞病了。這一日，天黑得特別快，家家戶戶上了門，沒半點聲息了。

李小琴一病就是幾天，沒有下地。有人問起，姓楊的學生就說：「害病了。」那人又問「吃飯了嗎？」姓楊的學生說「吃了。」既能吃飯就不是要緊的病，人就不問了。最多隔一日再問一句：「吃飯了嗎？」姓楊的學生再回答一聲：「吃了。」楊緒國嘴上不問，心裡則想：李小琴怎麼病了？又想：李小琴得的什麼病？便暗自冷笑，笑過之後再想：李小琴竟然病了！覺得不可思議，又覺得其味無窮。他想作為一隊之長，還是黨支部委派的團委書記，應該去看望和慰問，已經走到了門口那一腳卻很難踏進去。一直到第三天上，他才在門口將姓楊的學生喊出來，問了幾句。李小琴躺在屋裡聽得一清二楚，鼻子酸酸的，直要落淚，心裡幽幽地想道：楊緒國對我竟然不存成見，是我將他錯看了。不由愧悔交加。她這病本有一多半是心病，這時便覺得好些了。那姓楊的學生進來，交給她一手巾包韭菜餃子，說是楊大哥給她的，還讓她安心養病。李小琴又躺了一會兒，便起身燒開了鍋，煮了一點稀麵糊，做成一碗稀飯，就了韭菜餃子，吃出一身透汗，身上輕鬆了。第二天一早，就出工了。

那一場透雨下過，太陽再一出，地就很暄和。老隊長對楊緒國說，是鋤黃豆的好時候了。於是，家家打磨鋤頭，鬥鋤子把，拾掇完，就下地了。李小琴扛了一柄鋤子，鋤把上繫了一條花手帕，穿一件方領衫，一條齊膝的花褲頭，腳上是一雙白涼鞋，和了大夥兒一起朝南湖走。躺了這三天，她瘦了一些，白了一些，前先那股活潑勁兒收斂了一些：穩重和平多了。她做活依然很俐落，也肯下力，鋤子不深不淺，一步一換手，「嚓嚓」地到了地頭，三下五下又開出一片趟子，就調過頭來。調頭的時候，正與楊緒國照了對面，她不由一陣臉紅，楊緒國卻和藹地問道：

「好些了？」

「好了。」她說，低了頭有些不敢看他。

「別太潑力，悠著點勁，日子還長呢！」楊緒國又說。

他的關心使她很感動，可是「日子還長呢」這句話卻使她惆悵起來。她沒說什麼，憂鬱地笑了一下。

她的笑容使他心裡軟軟的，可是見她比先前正經了許多，好孩子似的，就有些不知道說什麼才好。轉眼，她已經鋤到前邊去，他也到了頭，拖了鋤子走過去依次開了趟，已和她隔開有七八個人了。他心裡也悵悵的，好像丟了什麼東西。

三伏的太陽特別的毒，汗從頭頂流到了腳跟，人就跟水裡撈上來一樣。歇歇時，小子們都跳到大溝游水，女人們就在溝邊打哈哈，說些粗野的玩笑。李小琴稍遠著點熱鬧，坐在溝邊的榆樹蔭下，用手捏土疙瘩玩。將土疙瘩捏成細細的粉麵，不一會兒，就堆起一個小小的沙丘。她正出神，不料有一個聲音對她說：「身體還行嗎？」她驚了一跳，一抬頭，見是楊緒國，便渾身地不自在起來。想站起身，楊緒國卻坐下來了；又說道：「有什麼困難，就對我說，不要見外。過去，我關心你不夠，以後一定改正。」

李小琴不知道說什麼好，只得沉默著。大溝裡翻江倒海，小子們已經將一個娘們拉下了水，只見她頭髮濕淋淋地貼在臉上，前襟撕開了，露出肥大的胸脯。李小琴就笑了一聲。

楊緒國也笑了，說道：「潑娘們！」又問李小琴有多久沒回家了，家裡大人可還好，等等。問罷，就說：「鋤完豆子回家看看，免得大人掛牽。再說也不是十分遠的，早去早回，誤不了幾個工。」然後就爬起來，拍拍屁股上的土，吆喝做活了。

從此以後，楊緒國果然對李小琴關心起來，隔三隔四就讓他家大閨女送去半碗鹹菜，或者一碟醃蒜苗，派活也派輕巧些兒的給李小琴，還讓個四類分子來替兩位學生拾掇了倒蔹的鍋灶。這一天，他推了自行車來到學生住的土坯屋前，李小琴正打算出工。他說他今天正巧要進城批化肥，她可以坐在他的車後架上回家看看，十五二十里的路程，一個小時就可到得。晚上如若她要回莊，就再坐他的車後架回來；要不想回來，過一二日就自己走回來，隨她意思，反正隊上活已不緊。李小琴一想，因爲和姓楊的學生摽勁，確有好久沒回家，這回去了，是得了隊長的應允，也不怕人說什麼。就放下家什，趕緊收拾了幾件要帶回家替換的衣物，跟了楊緒國出莊了。

兩行筆直的白楊樹夾了一條大道，天氣很涼爽，一陣陣小風迎面吹過，十分舒服。李小琴坐在楊緒國的車後架上，向著進城的方向去了。路上，楊緒國問李小琴知不知道大楊莊的來歷。李小琴說聽人講起過一句半句的，卻沒聽全。於是楊緒國便開始講老爺爺的事蹟，講完後則笑道：「說起來也是宗法迷信那一套呢！」然後又問她知不知道大楊莊的遠景規畫，李小琴說不知道，他就諄諄地告訴李小琴，未來的大楊莊，是如何如何美好的圖景。李小琴嘴上應著，心裡卻冷笑：「再好我也不稀罕。」這麼談了一路騎了一路，楊緒國問李小琴累不累，要不要歇腳。李小琴心想自己坐在車後架上有什麼累的，大約是他蹬車蹬累了，又不好意思直說才這樣問的，就說顚得眞是有點累了。兩人便下車坐在路邊樹底下乘涼。有手扶拖拉機開過，揚起一片細土，蟬在樹頂上叫。李小琴抱著膝蓋坐在那裡，褲腿邊露出一雙沒穿襪子的腳踝，圓圓的。楊緒國迅速地移開眼睛，表情嚴肅地談到，莊裡對兩位學生評價都還不錯。小李呢，是勞動好；小楊呢，是和貧下中農感情好。這一說，李小琴不由動了氣，說道：她感情好，她就在大楊莊留一輩子，有了招工的，她不走，我走！她說出這氣話，就有點後悔，心想那楊緒國又該批評自己了。不料他卻噗哧地一笑，說道：你看你看你，就聽不得表揚別人，這也不太好，你說你說是不是？聽了他這話，她就有些使性子，說道：怎麼不好，怎麼不好，我看就很好，就很好。他就噗哧噗哧地笑。兩人都有些開心起來。然後，他先站起來說道：好了好了，別鬧，別鬧了！還很親切地在她背上拍了一下，兩人就又上了車，繼續前進。

日頭還沒到頭頂，就進城了。正逢集，進城的道路很擁擠，板車擠板車，人擠人，自行車鈴叮叮地響成一片，簡直沒法子騎車。他們就下了車來，擠在人堆裡慢慢地挪。他讓她趕緊想想好，是今天晚上隨他一起回莊，還是明天自己回莊。李小琴看見城裡一片熱騰騰的氣象，又敏感地發現城裡女孩的穿戴又有了微妙的變化，心裡窩了一團火似的，很焦急又很興奮。可是沉下氣再一想，多留了一二日，一二日的，也許會在表現方面受到一些損失。再說，假如今晚回去又可與小隊長同路。她隱隱地感覺到這是一個很好又很難得的機會，如果錯過就不會再有了。她就對楊緒國說，她今晚回去。兩人約好在什麼地方什麼時間碰面，然後就在湍湍的車流與人流中分手了。

楊緒國慢慢地上了車，不慌不忙地騎著，騎不動時就用腳點著地，然後再騎。他心裡緩緩地想到，傍晚時將與李小琴一同回莊，回莊的路有十五二十里呢。想到此，不由得有些心悸，車頭扭了幾下，險些撞了一個賣桃子的老頭。他想，他這是怎麼了，難道是走火入魔了嗎？又有些惱怒，發洩似地撳了一氣鈴，叮叮地亂響了一陣。好容易擠出了大道，騎上一條小巷，到農業局大院裡找到了一個當幹事的熟人，再一起去批化肥。化肥批到手後，日頭才剛到中天。那熟人也沒強留他吃飯，他只得自個兒到街上吃羊肉煎包。坐在油膩膩的桌子邊，等著煎包揭鍋，望了太陽下賣菜的鄉裡人，他憂愁地想：這滿滿一下午時間到哪裡去打發。當他吃完了四兩煎包，沒有目的地在很毒的日頭底下走來走去的時候，他覺得事情有些特別起來，心裡惴惴的，就好像要發生什麼異常的事情了。他就這樣「別別」地心跳著，在縣城的大街小巷裡穿行，日頭幾乎將他烤焦。他就去喝涼粉，又去買摻了顏料的甜水解渴。而日頭就像停住了，一動不動。他的情緒漸漸急躁，絕望起來，他想事情怎麼會變得這樣糟糕！終於到了約定的時間，他的精神已幾臨崩潰，狼狽不堪，一心只想趕緊回家睡覺。走近約定的地點，是一座橋頭。橋下的水早已乾了，人馬大都從橋下過往。遠遠就看見李小琴佇立的身影，好像換了一身衣服，魚白的短袖褂，魚白的棉綢長褲，肩上背了一個花布包，手上還提了一個飯盒。

李小琴在此等了已有一時，在街上她聽見了消息，說是招工即將開始，推薦表已來到縣裡，不幾日就往公社發了。她心裡如一團亂麻似的，無頭無緒地站在橋頭。日頭斜斜地照了橋下，金黃金黃的一條乾河，車馬在金光裡游動，她不由頹唐地想道：一切都沒有什麼意思。在很久很久以前，這橋下還是一條綠河，岸邊生了青苔，女人們在這裡搥洗衣服，

「梆、梆、梆」地傳了很遠。她覺得十分疲倦地幾乎不想回大楊莊了。這時候，她看見了楊緒國正夾在趕集回家的人群中間，向這邊騎來。他瘦瘦長長的身子騎在自行車上，勾著脖子，很像羊群中的一匹駱駝。他徒然地撳著鈴，企圖擠出人群，前後左右的扁擔和筐子妨礙著他，他好像掙扎一般扭動著前進。

楊緒國焦躁得很，恨不能一步抄到橋頭。等他終於來到橋下，腳步卻又遲疑起來。李小琴正望了橋下流水般的車馬出神，低頭垂眸的樣子令他驀然心動。他下了車來，檢查了一下車鏈，又捏捏輪胎，試試有沒有跑氣，然後就輕咳了幾聲，推車上了橋頭。直到他走到李小琴身邊，李小琴才驚醒似地回過頭來，眼神恍恍的，卻又一笑，說道：

「辦完事了？」

「辦完了。」他說。

「還順利嗎？」她笑盈盈地又問。

「還湊合。」他說。

「我等你好一時了。」她說。

「事情很難辦，人也難找啊！」他解釋道，慢慢地與她說著辦事的艱苦，心裡漸漸地鎮定下來。

「虧得是你哪！」李小琴聽完之後說道，就從兜裡掏出一盒東海菸，送到他面前，他伸手正要去接，她卻輕輕一收，說：「給你的嗎？」

「送我面前，不給我？」他笑著問。

「送你面前，讓你看看。」她噘嘴道。

「看看還不給我？」他瞅著她笑道，心想：這城裡人怎麼回事，只待了一日，臉就白了好些。

「看看也不給你。」她也瞅著他笑，心裡則想：這鄉裡人怎麼的，到了城裡就這樣面紅耳赤，青筋暴突的。

「給不給！」他去捉她的手。

「不給不給！」她將手擰在身後，不讓他捉。身子卻朝他挺了一步。

「不給就不給。上車走家吧。」他放下手和解道。心裡有了底。

「走家就走家。」她跳上了車後架。心裡也有了底。

他們兩人都有些快活，一整天折騰的疲勞全都煙消雲散，好比清晨起來那樣精神爽朗。他們一溜煙地下了橋頭，上了大路。路邊的黃豆已經結豆莢了，風一吹，有「嚓啷啷啷」的鈴響。太陽從地邊上落了下去，半個天卻映紅了。路面上有許多深深的車轍，自行車從車轍上壓過去，一顛一顛的，李小琴就叫：

「你會不會騎車呀，楊緒國！」

她越叫，他就越顛，還叫道：「你又不是磁做的，能顛碎？」

她就說：「是磁的怎麼樣！顛碎了怎麼樣！」

他便說：「碎了我賠你。」

「你賠？」

「我賠。」

說了這話，兩人便默默一下神，心下暗暗檢查這說笑是不是有些不妥。於是，接下去就有些矜持起來。他將車騎得穩健了，她說話也老實了。天邊的紅霞漸漸轉了顏色，地裡的豆棵變成了黑色的影子，豆莢「嚓啷啷」地響著，大路上看不見一個人。白楊樹夾道，好像兩行威嚴的巨人，他們從樹下駛了過去。

「餓不餓，楊緒國？」李小琴問道。

「餓了又咋樣，李小琴？」楊緒國反問。

「餓了和我說，我有果子給你吃。」她說。

「我不吃果子，我要吸菸捲。」他說。

她聽他把「菸」說成「菸捲」，鄙夷地撇了一下嘴，卻笑道：「沒有菸，哪有菸？」

他聽她說話，知道又一個回合開始了，心中暗喜，就問道：「剛才的呢？」

「丟了。」她簡潔地說。

「回頭找去。」說著，他眞地調轉了車頭，騎了回去。

「你瘋了，死楊緒國！」她在後車架上叫著，扭著身子，車子便一搖一搖的。

他調動車頭保持著平衡，一邊依然往回騎去，騎了有十幾二十米則又慢慢地轉動了車頭，再騎回來。暮色開始降下，黃豆地裡已經一片黑暗，白楊樹高高地矗立著，蟬也不叫了。他倆騎在一掛車上，慢慢地轉著圈，「咯吱咯吱」地搖著。大路上沒有人。

「我頭暈！」女的叫道。

「給不給菸？」男的笑道。

「不給不行嗎？」女的討饒了。

「誰讓你撩我！」男的說。

「誰撩你，誰撩你！」女的不休不饒。

「好，好，我不好。」男的息事寧人地說道。

女的不扭了，車子也不轉圈了，沿了白楊樹向前行進。天空已經變成深藍色的，極遠處有一眼磚窯點火了，升起一柱濃煙。他們兩人騎了一掛車從一百多年的白楊樹下騎過。

「我頭暈。」女的抱怨道。

「那麼歇歇。」男的說。說罷兩人先後下了車來，站在白楊樹下。女的又摸出那包菸，在男的眼前一閃，卻被男的迅雷不及掩耳地捉住了手。

「露餡了。」男的說，捉了她手不放，心裡想著，這手是什麼做成的，那麼光滑而又柔軟。

「露什麼餡？」女的問，手被捏得很疼，心裡恨道：這手怎麼像樹皮一樣，鄉裡人啊！

男的不說話，逕直從她手裡挖菸，女的捏住了不放，男的就掰她的手指，兩人角了一會兒勁，女的才說：

「怎麼謝我？」

「你說怎麼謝？」男的說，不望女的眼睛。

「你知道怎麼謝。」女的卻盯住了男的眼睛。

「不知道。」男的說，躲著女的眼睛。

「知道。」女的堅持，硬是捉住了男的眼睛。

兩人眼睛對眼睛望了一會兒，又一齊笑了。好像心裡有什麼東西一下子通了，鬆開了手。而這時候，他們倆站得那麼近，彼此可覺到對方的呼息，他想：

這女人吃的什麼糧，怎麼滿口的香啊！

她卻想：這男人大約是不刷牙，眞難聞！

他們只須略略一抬手。便可觸到對方，可是誰也不抬手。一隻蛐蛐兒開始叫了，然後又有一隻紡織娘叫，不遠處有一眼塘，亮晶晶的，塘裡的蛤蟆也叫了。他的呼息越來越湍急，喉管好像阻著了什麼東西，嘶啦啦的，削瘦如鐵板樣的胸脯起伏著。她加倍地用淚盈盈的雙眼去逼視他，微微地噘起上唇，眼睛越來越清澈，亮成兩顆星星。他好像發了瘧疾一般，顫慄著，牙齒格格的。她卻越發地火熱，騰騰的熱氣一團一團撲上身來。天空籠罩著黃豆地，豆莢子鈴鈴地唱著。有一彎月亮出現在天上。

她看見了路邊上有一條乾溝，溝底長著茸茸的草，還有一些野菊花。不由得有些畏懼，退後了一步。他以爲她要逃跑，身不由己一把拽住了她，拽得過猛，她跌在了他的身上，他又沒站穩，兩人一起滾進了路邊的大溝。

他渾身抖得如同篩糠，氣喘如同一頭牛。月光下，她的肌膚晶瑩如同純潔的冰雪。他所有的傳宗接代的經驗在此全不管用了，他束手無策，不知道應該做什麼，像一個無邪的男孩。她緊閉雙眼，好像一頭任人宰割的無辜的羔羊。她等了半晌，卻還不見他動手，微微睜開眼睛。他垂頭坐著，胸前的肋骨歷歷可見，鎖骨下有兩個深陷的坑。他的夾了白髮的頭頂被月光照得很亮。她緩緩地伸曲著長長的腿，側起身子，好像一脈冰雪的山巒舒緩的起伏。他唯恐會弄髒了它，久久不敢動它。暗河在覆雪底下流動。她抬起了胳膊，雙手在頭頂相握，又綳直腳尖，將身體伸展得很長。她心裡有些著急，不懂他爲什麼遲遲地不動。他的頭頂越垂越低，兩手漸漸伏向溝底，像一種頂禮膜拜的姿勢。他游絲般虛弱下來的鼻息輕拂在她的結實而收緊的小腹上，微風似的，她的心也不由得一動。她的小腹從容不迫地一起一伏，她的雙手慢慢垂直在身邊，平平地安詳地睡著，她感覺到月光清亮如水。他忽然間「哦」地一聲，好像受傷的野獸。他從溝底拔起雙手，緊緊地握住了她窄小圓潤的胯。他的指縫間還夾著青草和野花，指甲裡滿是黑色的泥土。他膽戰心驚地端著她的美麗的胯，望著那猶如漩渦一般可愛的肚臍，嘴裡發出哭泣一樣的聲音。她周身的血液開始緩緩地流動，他青筋暴突瘦骨嶙峋的大手，就像滾燙的烙鐵，緊緊地箍住她。她覺得身體漸漸離開了地面，被托了起來。她忍不住睜開眼睛，看見了月光下他的臉。他臉色發黑，神情嚴峻如一塊岩石，他乾枯的皮膚這時凝固就一張鐵，下顎朝前突出，眼睛放射著灼熱的光芒。她心中暗暗驚詫，事情變得多麼的奇異。她的胯幾乎被他握碎了，而她的胯原是堅韌無比，能夠承受無窮的壓力。他忽然「嗚」地一聲軟癱下來，她悄然無聲地落到了溝底。他匍匐在她的身上，像一條斷了脊梁的狗。他們的身體貼在了一起，他像死去了一般。越過他垂死的頭頂，她看見白楊樹粗大的樹幹，直聳天空，天空上有一輪明月，還有星星。這是什麼地方？她想；這是什麼時候了？她再想；這個人呢，又是誰？她看見他背脊上兩塊高聳的肩胛骨，如兩座峭拔的山峰，深褐色的皮膚上有一些病態的斑痕。她感到了他的努力，他的努力盲目而且絕望，徒然地將她壓進了溝底。泥土幾乎將她掩起，荒草和野花從她腿間和指間鑽了出來，毛茸茸的。他的身體遮住了月亮，她好像陷入了暗無天日的深淵。她想叫，卻叫不出聲，肥沃的泥土柔和地從她指間和腿間擠了出來，有一朵花不知怎麼被她銜在了嘴裡。他就像一條落在沙地上的大魚，垂死地刨著泥土，妄圖刨出一眼泉水。他四肢有力地划動，頭一抬一抬，大張著嘴，眼睛裡流露出死亡的光輝。她無聲地呼救，泥土流水般掩沒了她的頸脖，她散亂的頭髮被野草糾結成一團，嘴裡的野花被她咬碎，花瓣撒了她一臉，就像是一個地底的妖精。她以爲死到臨頭了，月亮顯得格外的明亮，好像一輪白色的太陽。她覺著死並不可怕，就像一場發瘋。她悽慘地笑了，笑聲被泥土掩沒，她彷彿看見自己的墳墓上已經長出了碧綠的青草，鮮紅的太陽升起了。

他力大無窮，如困獸一般聲聲咆哮，而她白玉無瑕，堅韌異常。她靜靜地躺在荒草與野花中間，黑色的泥土像流沙般地從她雪白的肌膚上淌下。她安然無恙，寧靜地望著天空，嘴唇上含了一絲微笑。她像一個初生的嬰兒一樣，天眞地朝他抬起了手，潔白的手臂蛇一般環在他枯黑的軀體上。他顫慄著虛弱下來，喃喃地說道：「我不行了，我不行了。」她鼓勵道：「再試一次。」他像個孩子一樣軟弱地喃喃道：「我不行了，我不行了。」她像母親一般撫慰道：「再試一次，再試一次，再試一次。」他蜷伏在她身體上，哀哀地哭道：「空了，全空了。」她豐盈的手臂盤住他枯枝般的頸，微微笑道：「來啊，你來啊！」他們的話語在夏夜的田野裡傳得很遠，有了回聲，豆莢「嚓唧唧」地響。他又開始第二次的衝鋒陷陣，她則第二次沉入地底，泥土溫柔地掩過她的頸脖，要將她活埋。她的體內燃起了一座火山，岩漿找不到出口，她被火焰灼燒得無法忍耐，左右扭動著，緊緊拖住他的身體，將他一起墮入深淵。他已經失去意志，無力地喘息，被她拖來拖去。露水淋濕了泥土，被他們攪成泥漿。最終他們泥跡斑斑地從溝底坐起，手臂環著手臂，如夢初醒。他們喘喘的，不知做了些什麼，又爲的是什麼。他們扯了荒草和野花，擦著身上的污跡，周身便散發出青草的芳香。草根將皮膚劃破，「嗞嗞」地滲著血珠。他們就像兩個潰兵，踉踉蹌蹌，互相攙扶著爬上了大溝。自行車倒在地上，香菸散了一地。他們惶惶地扶起車子，消遁在霧濛濛的夜色裡。

第二天，楊緒國對姓楊的學生說，她這一段表現得不錯，這幾日正好沒什麼要緊的活路，要想回家就回家幾日吧，那小李不也回過家了嗎？又打了一籃脆棗讓捎給她媽嘗鮮，自家院裡的棗樹，是個心意。姓楊的學生高高興興上了街。這天夜裡，李小琴沒有插門，也沒點燈，只穿了汗褂和褲頭，閉著眼睛躺在床上。三星偏西的時候，門輕輕地開了，有人走進來，悄無聲息地插上了門。她沒有睜眼，臉朝裡躺著。那人直走到她的床前，立了片刻，才開口說話。他說：

「我再試一次。」

她沒動彈，闔著眼睛。

「是你自己說的，讓我試一次。」他囁嚅著，好像一個請求補考的差生。

她依然不動，好像睡著了。

「我是太慌了，全亂了，亂套了。早早的，就全空了。」他垂頭檢討著。

月光從窗洞裡流瀉進來，在她身體上委蜿地流淌，陰影的變幻妙不可言。

「這一回，我一定沉住了氣，一定，沉住了氣。」他斷斷續續地說完了這句保證，被這身體上光和影的奇景驚住了。他伸出手去，他的手漆黑如同鬼影，他竟不敢去觸它。他頹唐地垂下手，在床邊坐下，說道：「我眞是個窩囊廢啊！」這句話刺激了他自己，他奮然昂起頭，就像一個出征的勇士。他不再多話，轉過身去，雙手將她的身體扳了過來。

她臉朝上地平躺在了他的面前，睁著兩眼，眼睛好像兩團黑色的火焰，活潑潑地燃燒。月光如水在她身體上流淌，她的身體好像一個溫暖的河床。月光打著美麗的漩渦一瀉到底。她又伸長手臂，交錯在頭頂，兩個腋窩猶如兩眼神祕而柔和的深潭。

「你這妮子，是怎麼長的啊！」他深深地嘆息著。

他的嘆息使她驕傲而且感動。他赤裸裸地立在潮濕的蟲蟻處處的泥地上，細長得不像是一個人，而是一條直立的蛇。他胸前根根的肋骨，已滲出了油汗，好像粗糙的沙粒。晶瑩的她是一道光，他則是一條黑影。剎那間，黑影將光吞噬了，而後光又將黑影融化。他們在一張小小的涼床上翻滾，涼床的草席被他們輾碎，暴露了網床的繩筋。苧麻擰成的繩筋勒進他的背脊，又勒進她的背脊，留下鮮紅的交錯的傷痕。她的肌膚如水一般光滑地在他身上滾過，他的肌膚則如荊棘般磨蝕了她的身體。

「怎麼會有這樣的妮子啊！」他壓抑著聲音喊道。他所有的傳宗的本領全都無法施展，他成了一個徹頭徹尾的純潔的男孩。他抖得就像一片寒風裡的樹葉，汗卻沿了脊梁緩緩地瀉下。「我想汃住氣的，我是想汃住氣的啊！」他將頭搗蒜似地搗在床梆上，「嘭嘭」地響。

「你是男人嗎？」她笑道。

「你娶過媳婦嗎？」她笑道。

「你生過娃嗎？」她又笑道。

他氣得要同她拚命，卻被她輕輕一撣，撣開了。他便絕望地哭了起來。他的眼淚洶湧地撒在她的身上，月光下，他的淚水渾濁得可以，連他自己都覺得害羞了。悄悄地擤了一把鼻子，抹在了床下的地上。

「那娃娃是別人替你生的吧？」她又笑道。

「今天我才曉得，大楊莊是這麼樣傳種的。」她越發覺得好笑。

「那麼說你也未必見得就是你爹的兒子了。」她昂起臉認眞地想著，嘴唇鮮紅鮮紅，流露出無窮的無法滿足的欲念。

他吼叫著撲過去，重新將她按進芩麻擰成的繩筋上，那繩筋幾乎將她割成碎塊。他的眼睛通紅著，好像深夜裡兩盞紅燈籠。就在他觸到她的那一剎那，臉上突然爆發出狂喜的笑容：

「哈哈，我有了，我又有了！」

「你知道，我就像一眼好井，淘空了，又會蓄滿的！」他叫道。

「好井，是淘不空的。」他欣喜地說。

「可是，你們老爺爺的井，不是枯了！」她極力掙扎分辯道。

「老爺爺？老爺爺算老幾！」他笑道。

她便懷疑他是不是瘋了。

他的笑容凝在了臉上，就這樣專心地淘他的井，時間好像凍結了，萬籟俱寂。她在破碎的草席上轉動著頭，望著屋角的蜘蛛網，網上垂下一根長絲。她又去看姓楊的學生貼在床頭的一張年畫，已經叫油燈薰黑了。他摸索了許久，她不知道他到底在摸索什麼，很奇怪地看他。他臉上的笑容變得十分可怖，粗糙的紋路就像刀割一樣又深又硬，牙齒暴突著，露出紫色的壞血的牙齦。他的眼睛裡血紅的光芒漸漸熄滅，就像一盞油盡的燈。他陡地滾到了地上，閉著眼睛，伸直身子，一動不動。她扒著床沿，咬著一片破席，朝下望著他，好像在望一具死屍。

月亮慢慢地移動著光線，她披散的頭髮漆黑如夜，罩著她明亮的臉龐。良久，她將嚼爛的席片吐在他的身上，說道：

「算了。」

他不動身。

「裝什麼蒜！」

他紋絲不動。

她用一根麥稭在他身上掃了掃：「起來。」

他坐了起來，岔開雙腿，像一個賴皮的孩子。

「滾吧！」她說。說罷翻身睡去，再不理他了。

從此後，楊緒國看見李小琴就要躲著走了。遠遠地看見李小琴來了，楊緒國便趕緊換一條道。李小琴眼尖得很，不容他轉身，就很熱烈地招呼：「小隊長，吃過了嗎？」或者：「小隊長，挑水啊！」如若邊上沒有人，楊緒國就裝聽不見，如若有人，人還不少，他就只得硬了頭皮答應：「吃過了。」「挑水。」紫漲著臉，青筋在太陽穴上一鼓一鼓。還有幾回，她好像是有意的，在井台上等著楊緒國來挑水。有人的時候，她對楊緒國說：「小隊長，幫咱提桶水啊！」楊緒國只得接過她的桶，掛在自己的扁擔勾上，放下井去，在水面上左一划右一划，再猛一撲，呼啦啦地吊起一桶水，遞給她。她很正經地接過水去，然後左右手替換著一擺一擺走了。要是井台上沒有別人，她或者一腳將他的桶踢到井裡去，害了他去井台邊人家借抓鉤撈桶；或者就趁他低頭打水不防備時，猛地從後面搡他一下。搡他的勁不大不小，剛夠他大大地驚一跳，卻決不至於栽到井底下去。有一次，他已經打滿了兩桶水，心想沒事了，收拾扁擔正準備上肩，不料她竟劈手奪過扁擔摔在了地上。他抬起眼睛想瞪她，她卻笑微微地望他。他便不敢再看，忍氣吞聲低下頭去拾扁擔。她一腳踩住他的手，他疼得咧了嘴，卻一聲不吭。她用腳慢慢地輾，他聽見自己的手指頭在格格地響，張張嘴直吸冷氣，就是不叫喚。她的很小巧端正的穿了搭絆布鞋的腳很有力地輾著，好像要把他的手鑽進地裡。他終於忍無可忍，說了一聲：「你——」

「我怎麼樣？」她的腳提了起來，像踢一塊爛布一樣將他的手一踢，那手是一點知覺也沒了。

「你——」他又說了一聲，卻終於沒有說出什麼。

「我不好，你好！」她對他說。

他忍了氣，用一隻好手扶著那隻傷手看，手背全碎了，流著血。

「我孬熊，你不孬熊！」她向他說，腦袋一點一點的。

他恨不能一胳膊將她掄到井底下去。

「我甩，你不甩！」她歪歪腦袋對他望著。

他低下頭，拾起扁擔，將桶繫理了理，一彎腰，兩桶水就上了肩，轉身「刷刷刷」地下了井台，低頭甩了一把淚。

回到家，女人問他手是怎麼的，他說是摔的。女人心裡奇怪，不摔胳膊不摔腿，怎麼摔手背。見他臉色不好看，就沒有再問，打發他吃了飯，還溫了兩盅酒。飯後，楊緒國垂了頭在板凳上坐了一會兒，就進屋睡了。等女人刷了碗餵了豬，哄孩子睡了，又做了一會兒針線，廣播匣子不響了，才上床歇息。她這邊剛一上床，楊緒國卻陡地坐了起來，眼睛直瞪瞪地望望前邊，腰板直直的，嘴裡嘟噥出一些稀奇古怪的聲音。女人心裡害怕，就去推他，這一推，他又撲通倒下，打起了呼嚕，睡得人事不省。女人想：是日裡太累，夜裡叫夢壓住了。便吹了燈，挨了他睡下，一夜無話。

然後，就割黃豆了。今年的黃豆長得也好，豆莢鼓鼓的，豆棵不高不矮，壯壯地長了堅硬的刺。人們翻出陳年的破襪子，兩隻疊在一起套在手上，還是扎得手心血糊糊的。和割麥時一樣，姓楊的學生第一天割四路子，第二天割兩路子，第三天割一路子。李小琴上來就割六路子，到底也還是六路子，「颼颼颼颼」緊攆著楊緒國屁股後頭，嘴裡還哼著歌曲。楊緒國死命朝頭裡割，想甩她遠一些。埋了頭不喘氣地猛割了一陣子，不料她在腳跟後頭款款地說：「小隊長，仔細著點，別讓人替你收尾巴，還誇你割得快。」

他細細一查，果然是丟了一路子，叫李小琴拾了。惱出一頭疙瘩。他倆就這麼你追我趕，大夥兒在後頭鼓掌喝采。李小琴得意洋洋地笑，楊緒國則一聲不吭，臉屏得鐵青。

一趟子割到頭，楊緒國滿心想擺脫她，跑得遠遠地開了八路，不料她隨著過來，挨著他的趟子也開了寬寬的八路，還嘻著臉說：「向小隊長學習來了。」一把小鐮刀彎彎的，刀刃雪亮，一勾一勾，豆棵子就順順地倒了。他最終也沒甩她下來。這樣，一天過去，兩人的筋骨都像散了架，連喝稀飯的勁兒也沒了。死人一樣躺在床上，只剩一絲游氣兒。可是到了第二天，東方剛露一線白，公雞喔喔地報曉，身上的力氣便又「嗞嗞」地生了出來，精神抖擻地下了地，人都以爲是鋼鑄鐵打的身板。

楊緒國瘦瘦長長的身子，彎在黃豆棵上，好像一匹老駱駝，呼哧呼哧喘著。李小琴則像一隻小羚羊。她穿一件桃紅色的穿瘦了的罩棉襖褂子，可體地裹著身子。兩個小辮用套皮筋拴在腦後，身子一起一伏，看上去同舞蹈一樣。於是人們在身後就大聲說：「小隊長孬熊，小隊長孬熊！」說的人無意，聽的人卻有心了，楊緒國簡直無地自容，不由舉起鐮刀在豆棵子裡亂砍，砍得豆棵一節一節濺得老遠，豆莢子也炸了。李小琴只作看不見，幾步抄過他去，遙遙領先了。楊緒國砍昏了頭，一鐮砍在自己腳踝上，血流如注。抓了一把泥，吐口唾沫，按在刀口上，惡狠狠地向她的背影說道：「你等著瞧！」她聽見了，就直身子，回過頭來，笑盈盈地答道：「我等著呢！」

黃豆割完了，場上也淨了，轉眼間西北風貼地而起，冬天到了。頭一場雪下來了。大楊莊粉砌玉琢，成了個雪宮。那一天夜裡天黑得很快，人們早早地閉了門，鑽進了熱被窩。天上沒有星星，也沒有月亮，只有很厚的雲層。天是黑的，地卻是白的。黑天白地之間，走著一個看場的人，兜頭裹了一床棉被，穿著半深的膠鞋，沙沙地在雪地裡走。忽然，有一隻老鴉在天空中呱呱地叫了幾聲，看場人一機靈，站住了，停了一會兒，又接著走。雪是很鬆軟的，他留下深深的腳窩，不一會兒，雪便塌下來，埋住了腳窩。看場人慢慢地從村道上拐到了家後，便再沒動靜了。風在雪地裡颼颼地穿行，雪團從枯枝上紛紛落了下來，看場人從棉被裡只露出一雙眼睛，望著天空，心想：多麼好的一場雪啊！這時候，有一扇門吱地開了，一個身影閃出來，披著一件紅花小襖，腳上趿一雙棉鞋，拖拖拉拉到家後解手。當那人影剛剛轉到家後，便被人抱住了，不等叫出聲，一床棉被就將她徹頭徹尾裹住，扛糧食袋似地扛在肩上，匆匆走下村道，向南湖走去。開始她還掙著，卻被人死死地悶住，幾乎透不過氣來，就漸漸地不掙了。雪纏纏綿綿地裹著腳，那人絆倒了，又爬起，咬著牙往南湖走。他開始走得飛快，雪被他揚起，晶晶瑩瑩地撒開。他來不及抬腿，就像犁地一樣在雪地裡蹚路。通向南湖的路上，便出現一條雪溝，然後雪溝的兩岸緩緩地塌下，將溝掩埋了。他漸漸地喘息起來，腳步慢了，又連連摔了幾個跟頭。最後一個跟頭摔過，就再也扛不起來了，只有將棉被捲在雪地裡拖著，就那麼一逕拖到了南湖的場屋裡。他喘吁吁地一腳蹬開了門，裡邊呼啦啦地飛出一群麻雀，幾乎將他轟倒，他穩了穩身子，跨進屋去，然後將棉被拽了進來。

他頭上冒著熱氣，摸摸索索地擦了一根火柴，點著掛在牆上的一盞小燈，然後望了地下。地下是厚厚的麥稭，棉被捲在麥稭上一動不動。他望了一會兒，蹲下身去，小心翼翼地打開棉被，就像在打開一個襁褓。棉被打開了，她臥在裡面，眼睛亮晶晶的，安靜得像一個嬰兒。她的紅花小襖掉在了家後，上身只穿了貼身的單褂，洗得很薄，透明似的，下面是一條花襯褲，鞋子早已掉了，赤著一雙小腳。她靜靜地望著他，他也望著她。一苗火焰在他們身後的牆上搖曳。他們靜靜地望了一會兒，然後他忽然笑了，露出潔白的牙齒，說道：

「冷嗎？」

停了一會兒，她說：「冷。」

他便將她抱起來，抱在懷裡暖著。他坐在麥稭裡，周身散發出麥稭苦澀而清潔的氣息。他像抱一個寶貴的金娃娃那樣小心地抱著她，捏捏她的手指頭，又捏捏她的腳趾頭，說道：

「我多麼心疼你啊！」

她便將臉埋進他的穿了一件破絨衣的懷裡。

然後他們開始動作起來，他們的動作沒有目的，只像是爲了互相取暖。他們很快就暖和了，陷在麥稭裡，互相摟抱著睡著了。他們很香甜地睡了許久，當他們醒來的時候，燈已經滅了，屋裡伸手不見五指，只聽風在呼呼地吹，雪在沙沙地下著。他們幾乎是同時睜開了眼睛，什麼也看不見躺在黑暗裡面。他們想不起來這是什麼地方，也不知道是什麼時候了，只靜靜地睜著眼睛。而後，他忽然騰空躍起，噭地叫了一聲，她幾乎看見他的身體在黑暗中畫了一道白光，接著，她的身體便離開了地面。這時候，她看見他的灼亮的眼睛，在很深邃的黑暗裡，像是從很遠很遠的地方望了她。他平躺在她的身下，將她托了起來，那對眼睛幽祕地退了更遠，閃爍著。她被他托起的身體有一種飛翔的感覺，心裡快活極了。她又降落下來，猶如失足墮入懸崖，心裡充滿冒險的快樂，不由叫道：「我的天哪！我的天哪！」

他將她裹在懷裡，哄娃娃一般左右搖晃著，一邊叫道：「我的媽呀！我的媽呀！」

他們身上的衣服漸漸脫去了，兩具身軀發出微弱的光芒。黑暗稍稍退去了一些。他的身體是那樣奇異的無盡的長，而她則圓圓的，富有彈性。黑暗有時候像海水一樣，輕輕地拍擊他們的身體。他們像魚一樣，在隔年的麥稭堆裡鑽進鑽出，無比的快樂。他們互相追逐著，像兩個淘氣的孩子，將麥稭弄得嘩嘩地響。風止了，雪停了，四下沒有一絲聲音，只有他倆的嬉戲聲，無比的響亮。

最終，他們嬉耍得累了，並排躺在一處，喘了一會兒，他對她說：

「我準備好了。」

她望著他，不說話。

「我眞的準備好了。」他說。

她依然不說話。

「千眞萬確的，我準備好了。」他又一遍說。

她望了他一會兒，然後說：「好，來吧！你這傢伙，你只許成不許敗！」

她翻身躺下了，眼睛望著黑暗的屋頂，屋頂是漏的，有很細很細的幾縷暗光，慢慢地旋了下來，然後就什麼也望不見了。

大雪一層一層地下，將這破舊的場屋埋起了一半。茅頂就好像是無岸的雪海裡的一艘絕望的渡船。雪光將天映得通明。

第二章 大楊莊

李小琴要對楊緒國說那句話：「你一定得推薦我。」錯過了最好的時機。當她滿莊子篦頭髮似地找楊緒國，最終還是在他家的堂屋裡找著他的時候，他正和會計隊委幾個幹部研究挖河的事情。李小琴將楊緒國從屋裡叫出來，在門前說了這話。楊緒國匆匆地說了聲：「我們研究研究。」便轉身進屋。恨得李小琴又咬牙又跺腳，走了幾步，心想：「不能叫他那麼便宜了！」就又笑盈盈地折回頭來，站在樹影地裡。有一會兒，那楊緒國送人出來，等人走淨了，楊緒國剛要進屋，卻見樹影地裡款款地走出個人來。楊緒國只憑影子，就可以認出是李小琴。他騰騰地下了台子，走到她面前。她穿了一件藍點子的棉襖，圍著大紅的方巾，手插在兜裡，眼睛殷殷地望著他。他就說：

「不是對你說了，要研究研究。」

李小琴噗哧地笑了：「楊緒國，你還給我打官腔。」

楊緒國硬撐住，說：「我並不是打官腔啊，我說的是實情。」

李小琴點頭笑道：「說你打官腔，你還打官腔。」

楊緒國有些撐不住了，洩氣地說：「我說的是實話。」

李小琴臉上的笑一下子斂起了，高聲說：「我就不信你這個邪！」

楊緒國怕她撒潑，趕緊引她走開：「走著說，走著說。」

兩人走到家後塘邊上，一路沒有說話，西北風吹著，地凍得梆硬。楊緒國使勁搓著兩隻手，發出沙沙的聲響。前邊大路上有幾個人勾頭縮腦地在趕路，馬車轆轆地響。

「你說你是人嗎，楊緒國？」李小琴咬牙切齒地說。

楊緒國不吭聲，低著腦袋，搓完了手又搓耳朵，嘩啦嘩啦地響。

「你不是人啊！楊緒國。」李小琴的眼淚下來了。

楊緒國看看遠近處沒人，便要給李小琴擦眼淚，叫她一掌揮開了：

「沒有人性的東西！」

楊緒國朝她跟前湊湊，彎腰瞅著她的臉，小聲說：「你說我不是人是什麼？」

李小琴不理他。

他又進了一步說道：「我啥時候說過，不推薦你啦？」

李小琴抬起了臉，欣喜地說：「你說你推薦我啦？」

「我也沒說推薦你呀！」楊緒國狡黠地笑著。

「你可說你沒說不推薦我！」李小琴說。

「我說，我沒說不推薦你。」楊緒國同意。

李小琴長長地出了一口氣，不再問了，好像再問下去會問出什麼漏子來似的。這天夜裡，姓楊的學生跑到縣裡打聽招工的事了，三星偏西的時候，他魂似地閃進了那間學生住的土坯屋。什麼也沒說，逕直到了床前。屋裡一片漆黑，他已將這道走得熟透。進門是一眼灶，灶邊是秫稭牆，留了一個門，門上掛了花布帘子，帘下有一張床，床對面還有一張床，她一定在那上面等他。老鴉在天上呱呱地叫著。他一把摟她的熱烘烘的身體，緊緊地抓住再不鬆手了。她就像他的活命草似的，和她經歷了那麼些個夜晚以後，他的肋骨間竟然滋長新肉，他的焦枯的皮膚有了潤滑的光澤，他的壞血牙齦漸漸轉成了健康的肉色，甚至他嘴裡那股腐臭也逐漸地消失了。他覺得自己重新地活了一次人似的。她聽任他擺布，他從她的順從中了解到她的默許。他加倍驚喜地發現，他的每一個動作都得到了小小的、微微的、不動聲色的回應和鼓舞。「這個女人啊！」他歡欣鼓舞地暗暗叫道。他滿懷信心地迎接高潮，每一個高潮都是無比的輝煌。高潮過後她便在他懷裡嚶嚶地哭著，哭著說一些叫人心疼的情話。

「我要你推薦我呀！楊緒國，楊緒國，楊緒國！」她說道。

然後他說：「我一定，我一定，我一定，你這個小小小小的小琴！」

她又說：「你不推薦我，我就要你死！你死，你死，你死！」

他再說：「我一定死，一定死，一定死！」
然後他們就要分手，分手就好比生離死別，互相立著刻毒可怕的山盟海誓。
他說：「我爹要推薦姓楊的學生，我就給我爹放毒，我爹，你等著！」
她則說：「我直接殺那個姓楊的婊子，姓楊的，你等著！」
他說：「我給他放毒，還要操他十八代祖宗！」
她說：「我賠上我的命去，我的鬼魂要攪得她家無寧日。」
他們手拉著手，一個在床上，一個在地上，無可奈何地硬扯開了手。西北風一定是在這時候颳起，狗「呵呵」地吠著，一條長長的黑影，橫過白花花的月亮地，倉皇地逃去。
天亮了，他們在莊前挖溝的地點遇見，一個踩鍬，一個抬土。昨晚的事情就像一場夢，昨晚的誓言也都忘得乾乾淨淨。他們兩個沒事人似地說一些閒話，說今天的土凍得結實，說今天的太陽暖得像春日。歇歇時，他們和大夥兒一起捕捉著過冬的老鼠。收工後，她又跑到他家門口叫道：「楊緒國，你出來一下。」待他出來，便正色與他說：
「隊裡研究推薦的事了嗎？」
他面露難色，吃吃地說道：「沒顧上呢！」
「你提個頭不就行了？」她逼他。
他朝後退了一步說：「你知道，這個頭不能由我提。」

「這我倒不知道了。」她抱著胳膊朝前跨了一步，昂著臉。

他低了頭說：「莊上都知道姓楊的學生與咱家續了家譜，見我對推薦學生的事太熱，人家只當我是要給姓楊的開後門呢！」

她冷笑一聲道：「這麼說來，一提推薦就該是推薦姓楊的，這是誰定的規矩？」

他不曾料到她這麼厲害，一下子逮住了自己話裡的漏洞，趕緊地解釋：「我不是這個意思，是別人……」

她打斷他道：「你既然怕這個嫌疑，那麼一開頭就提我的名，不就堵了眾人的口。」

這下他真的沒話說了，垂頭喪氣地站在那裡。

「你說話呀！你怎麼不說話了？你不是很有理嗎！」她說。

他不開口，低了頭。

「你不說話就是沒理，你認你沒理了？」她又說。

他想他橫豎不開口，她能將自己吃了？

這時候，他女人探出頭來叫吃飯了，叫了兩遍才看見李小琴，拍拍手道：「這不是小李妹妹嗎？怎麼沒聽吱聲就來了。吃過了嗎？沒吃就來家吃，沒好的，稀飯臭豆子是有的。」

李小琴聽了這話便也笑道：「我倒想喊你一聲嫂子，可惜不姓楊，也不敢胡亂地就姓楊，這樣子，又沒啥叫的了。我已經吃過了，就不吃你家的稀飯臭豆子了。」說罷就快快地去了。

這話叫後進堂屋裡的老隊長全聽進去了，他一明一滅地吸著菸袋，慢悠悠地想：你不是想要推薦的嗎？我就不叫推薦你。

那晚上，輪到楊緒國餵牛，夜半時分，一個小小的影子，悄無聲息地飄進了牛房的破板門裡。牛房滿地的碎草末子，牛在槽下反芻，嗚嗚地響。她踩著腥臭的碎草末子，繞過黑暗裡發光的鍘刀，向牛房角上走去。那裡有一張床鋪，隊裡的被褥，他坐在床沿上等她，不等她出聲，就將她按進懷裡。她就好像鬼迷了心竅，人不想來，腳自己就走來了。他也像她的活命水，自從他們暗底下往來，她的身子就好像睡醒了，又知疼，又知熱；她的骨骼柔韌異常，能屈能伸，能彎能折；她的皮肉像是活的，能聽話也能說話；她的血流動，就好像在歌唱，一會兒高，一會兒低，一陣緊，一陣舒緩。她像隻小貓似地坐在他懷裡，久久不動手，綿綿地說著情話。他對她說：

「我捨不得放你走，你這個鬼，鬼，鬼，鬼啊！」

她則說：「我不走，不走，不走！」

他又說：「你走了，我變個魂，跟你去，跟你去，跟你去！」

她再說：「我要走，變個魂，留給你，留給你，留給你。」

然後他們便行動起來。他就好像知道她心裡的要求一般，她的每一點含蓄的呼喚，都得到他慷慨的回答。他好像知道到她骨頭裡去的一般，她的每一個微弱的暗示，他都給予響亮的接應。她奇怪他怎麼就像具有先知先覺，她的每一種深藏的欲望，都爲他提早地完滿地實現。他在很短的時間內，從一個男孩長成了大人，也將她從一個女孩培養成了大人。他們兩個大人在一起是多麼的快樂！在那高潮來臨，激情如湧，大江即將決堤的一刻，他血淋淋地，嚇人地叫道：

「我叫你死，死，死，死啊！」

她也森森然地叫道：「我不死，不死，不死，不死啊！」

他再叫：「你死在這裡，做我的鬼，我的鬼，我的鬼！」

她加倍高聲地叫：「我做鬼就要纏死你，纏死你，纏死你！」

鍘刀在門縫間漏進的月光下閃著寒光，牛在悶雷般地反芻，驢卻高歌了一聲，嘎嘎嘎嘎的。

第二天太陽出來，他們的盟約全作煙消雲散，不留下一點痕跡。他們在莊頭大溝上挖土，挖到晌午，就脫了棉襖，只穿裡面的絨衣。太陽暖烘烘地照著他們，他們瞌睡朦朧的，瞇著眼睛。凍土開始融化，地變得發黏。然後，太陽漸漸地西移和冷卻，地重新凍結，變得無比堅硬。鐵鍬很難踩下，一踩就格啦啦地響。收工了。收工之後，李小琴就跑到楊緒國家門口，一聲高一聲低地叫他出來，問他什麼時候討論推薦的事，楊緒國便說：「不忙，不忙，你慌什麼？」

李小琴就緊盯了說：「楊緒國，你說出口的話可不興你賴帳！」

楊緒國就攤開了兩手，不解地眨了兩下眼睛：「我說什麼話了？」

李小琴先是發怒，後一想他果然是沒說過什麼，就按捺住道：「好，你楊緒國沒說什麼，那麼，就在此時此刻，你說。」

楊緒國低下了頭，沉思了一會兒，才慢慢地抬起頭，說：「李小琴，你如若一定要我說出什麼，我可就爲難了。」

李小琴聽這話裡大有含意，不過見他態度眞摯懇切，就沉下氣來，也慢慢地說：「我是要你心裡放明白。」

「你說我心裡明白嗎？」楊緒國盯著李小琴的眼睛，很溫柔地問。

「不明白。」李小琴撇氣地說。

楊緒國倒笑了，用一根手指頭點著她道：「你其實心裡最知道。」

李小琴就有些不好意思，嘆氣道：「我是不放心啊！」

楊緒國忽又走近一步，小聲道：「你替我同小楊說一聲，請她今晚過來陪孩子睡一宿，孩子他媽走姥姥家去了。」

「孩子他爹呢？」李小琴斜了他一眼。

「看場啊！」他說，一邊偷偷去看李小琴的臉。

「要說自己去說。」李小琴唾了一聲，甩手走了。

她登登地下了台子，走上村道，兩邊的屋頂上都升起了白色的炊煙。有人招呼她吃飯，她就回答「吃過了」，心裡卻想著：這條倒楣的村道什麼時候才能走到頭啊！她細細揣摩著楊緒國的態度和每一句話，覺得事情有了希望，便快活起來，腳下也輕鬆了。她邁著輕鬆的腳步，心裡又想：世上人怎麼也不能太昧了良心吧！越發地安下心來。走到門口，那姓楊的學生已在燒鍋，見她進來，就招呼說：「我立馬就得，你再燒。」她嘴裡說著：「不妨事，你慢慢地燒。」心裡卻想，今日怎麼很客氣，有什麼高興事似的，平時可像討債的一般。她這樣想，那邊已經快快地將貼餅子鏟出來，鍋底的菜盛進碗裡，舀了瓢水，只聽「嘩啦啦」一陣，刷帚一蕩，黃盆接了污水，潑出去，鍋便淨了。招呼道：「你來燒。」她答應著走過去，舀上兩瓢水，扣上鍋蓋，在灶旁坐下，慢慢地續草，心想：今天姓楊的同學怎麼這般利索，放了平時，這點小事得做半頓飯的時候。沒等她想好，姓楊的同學已經將白菜豆腐分作了兩碗，遞給她一碗，說：「兩角錢的豆腐，給得這麼多，我怎麼吃得完，擱到明日就餿。」李小琴道謝著，不由得暗暗詫異，今日又慷慨起來，是吃了什麼藥？正望著，就聽門口有人叫姓楊的同學，她一聽那聲音就埋下了頭，專心地燒鍋。姓楊的同學出去了一時，很快就回來說道：「今晚楊大嫂走姥姥家去，楊大哥看場，讓我過去陪孩子睡覺，你只好自個兒插門睡了。」說罷就拿了牙刷梳子毛巾什麼的走了出去，飯也沒顧上吃。李小琴在心裡罵著：「又趕著溜鬚拍馬的機會了。」然後又冷笑了好幾聲，倒把前邊的疑心忘在了一邊，沒再追究。

夜裡，楊緒國像隻貓似地「哧溜」地鑽進李小琴的屋子，姓楊的學生則在楊緒國的屋裡，先給大的把尿，再給小的把尿，忙得個不亦樂乎。雞叫頭遍的時候，楊緒國輕輕地跨出學生住的土坯屋，掩上了門，只聽裡面「咯噔」一聲插上了。他彎了瘦長的身子，邁著細小的碎步下了台子，悄悄地走在村道上。天邊已有一抹魚肚白色，誰家的門吱了一聲，然後有老頭出來，站在台子上惺忪著兩眼紮褲腰帶，肩上背了個糞箕子。他慢慢上了自家的台子。門關著，他就到鍋屋裡拿了水桶和扁擔，到家後塘裡擔了一挑水，在自家菜園子裡，用舀子慢慢地澆。這時候，門開了，姓楊的學生走了出來，很精神的，爽爽地叫道：

「大哥，起得早！」

「你也早，小楊。」他回答道。

姓楊的學生便走過去，站在菜園子的籬笆外，問道：「大哥，啥時候才能拿到表填啊？」

他說：「會計上午去公社開土方工作會，給你就捎回來了。」

姓楊的學生見事情基本已成定局，就很快樂地說：「我去給小的把尿。」

楊緒國卻叫住她。

她站住腳，兩手扶了籬笆，微微仰著頭望了他。

楊緒國直起身子，將臿子擱下，從口袋裡掏出菸鍋袋，慢慢地裝著菸，然後才說道：「這一次隊裡討論推薦學生問題，大家考慮到小楊你身子骨單薄，不適宜做農業活，當然，你主觀上是努力的，和貧下中農能夠打成一片。所以，就作出了這樣的決定。」

「謝謝隊長照顧。」姓楊的學生說道。

「這是應該的。」楊緒國裝好了菸袋，開始點菸。他蹲下身去，擦著一根火柴，用手攏著，點好了才又接著說：「可是，這並不是說，小李就差了。不，不是這樣的。」他停下來，盯著一明一滅的菸鍋。

姓楊的學生就點頭，耐心地等待著。

「小李也很不錯。做起活來——」他笑了，「不怕你不高興——比你小楊潑辣。」

姓楊的學生有點難堪，嘴裡卻只好說：「那是啊！」

「小李確實很不錯。討論的時候，大家可著實爲難了一陣子，有人說推薦小李，有人說推薦小楊。」

姓楊的學生臉紅了，囁嚅著，不知說什麼好。

「後來有人說，小李的身子骨結實，抗得住，多待些日子倒對她思想改造有好處。」

「那是。」姓楊的學生說，說過又覺著不大合適，就閉了嘴，低了頭。

「所以，還是推薦你小楊了。」他使勁兒吸了幾口菸袋，用手指將菸按滅了。姓楊的學生這才漸漸地轉了臉色，想笑一下，卻沒笑出來，很疲倦的樣子。

「爲了照顧她的情緒，你暫時不要把這事情漏給她。」楊緒國說。

「那是，可是，她早晚是要知道的啊！」姓楊的學生說。

「我去和她談，我去做她的工作。」他說。說著，很奇怪地微笑一下。

天大亮了，姓楊的學生替兩個孩子穿好衣裳，就要走。楊緒國就說：「他娘要明天才得回來。」不等他說完，姓楊的學生就接了過去：「我晚飯後就過來。」他便讚許地笑了。

這一日很平安地過去了。姓楊的學生拿到招工表後藏在身上，晚飯後到了楊緒國家，哄睡了兩個孩子，才摸出來攤在小案板桌上，慢慢地塡寫。楊緒國先繞到莊頭說去測量土方，然後天黑盡了，才慢慢地從家後走上學生住的台子。李小琴還沒有吹燈，抱著膝頭在發愣：爲什麼招工表格至今也沒發下隊裡，明日說什麼也要去公社打聽才好。她正想著，卻聽見門響，便一氣吹熄了燈，往被窩裡一鑽。過了一會兒，她覺著被窩被揭開，一個長長的冰涼的身子蛇似地進來了，貼著她溫暖的身體。

第二天是個雨天，天上飄著寒冷的雨絲，李小琴要去公社。楊緒國說：「再等兩天，我就要去公社送報表，可以騎車子帶你呀！」李小琴說：「我等不得兩天了，今天再沒有消息就要急出病來了。」楊緒國就說：「那就多加小心，天陰路滑的。」李小琴說：「你別假惺惺！」楊緒國心裡就別地一跳，可李小琴並沒有看出什麼，打了傘，穿一雙高幫的膠鞋，朝著公社走了。這一天，沒活幹，楊緒國和幾個爺們，在牛房裡打撲克，一打打到天黑，然後就有人喊：「小隊長，媳婦來家了。」他鑽出牛房，果然看見媳婦打了一柄油布傘，兩隻鞋踏成了兩個泥坨坨，一步一步過來，胳膊上還挎了一個籃子，裝著油饃什麼的。楊緒國正輸得無路可走，就乘機跟了媳婦回家，人們就在他身後大聲奚落他，他只裝聽不見。

這時候，李小琴恍恍惚惚地離開了公社，才走了半里地就迷了路。眼看著前邊就是大楊莊，心想，這麼快就走到了。誰知走進去卻盡是認不識的人，也找不著自己住的那台子了，問過人才知道是另一個莊子，叫作小李莊。她聽了倒笑了，迷迷糊糊地想：這可不就回老家了?雨下得灰濛濛的，她也不知道時間，照了別人指點的，又走到人家墳頭上去了。她在墳崗子上走來走去，最後看見身下蘆葦捲散開，露出一個七八個月的死孩子，不由得驚叫了一聲，這才嚇醒了過來，她撫著怦怦跳的心口，想著：這是到了什麼地方?又想：我是要到哪裡去?雨點打濕了她的頭髮，一縷一縷地貼在額頭上，往下滴著冰涼的水。她才明白，傘忘在公社供銷社裡了。去買燈捻子的，買了後就沒拿。想回去找，也不知該怎麼走，還是回莊算了。她這才想清楚她原來是要回大楊莊的。她想起了大楊莊，眼淚一下子冒了出來，她哭出了聲：「姓楊的你斷子絕孫!你這個挨千刀的!你個狗養的!婊孫養的!」她跌跌撞撞地下了墳崗，朝一條大路跑去，就這樣，一逕跑回了大楊莊。

她不顧一切地拍響了楊緒國家的門時已是深夜。莊子裡寂寂的，沒有一點燈光，也沒有一點動靜。她激烈的拍門聲陡然響起，人們從夢中驚起，揉著眼睛說：「出什麼事了。」可是，沉重的睡意將他們壓倒，他們重新進入了夢鄉。那砰砰的擊門聲變得很遙遠，迴盪在村莊的上空。然後，狗叫了。

「姓楊的，你給我出來！」李小琴拍著門，手已經腫了。

「你給我出來呀！姓楊的。」李小琴用拳頭擂著門。

雨已經不下了，雲層卻很厚，沒有月亮。

「你個雜種姓楊的！出來啊你呀！」李小琴用頭撞著門。

狗漸漸地不叫了。門開了，楊緒國的女人披了棉襖探出身來，皺著眉頭說：

「深更半夜的，做什麼呢？」

李小琴不看她，對了她身後直了嗓子叫：

「楊緒國，你出來！」

那女人便哧地一樂：「我說大閨女，你是叫夢壓著吧，怎麼夜裡來找我家男人？」

李小琴慘笑了一聲：「你家男人？聽你這一說我才知道是你家的男人！」

女人臉上變了色，唾了一口道：「不是我家的男人，是你家的男人？」

李小琴早已變了臉：「把楊緒國叫出來，就在這裡，咱們問他，要他自己說。」然後又斜了眼笑道，「我見你老實可憐，才來報這個信。要換了別人，我也不管不問了。」

女人便開口罵了。李小琴在鄉裡待了這二年多，什麼不懂？罵得比她還俐落。兩人在門口一句去一句來地罵。一個要關門，另一個頂住了門要往裡進。那一個就去推，這一個靈巧，一閃身子，那一個險些栽出去，這一個倒進門了。女人正要來拖，卻不由住了手。屋裡已經點上了燈，老隊長披著襖，蹲在板凳上，手托著一桿菸袋，對那媳婦罵道：

「插門。」

女人便乖乖地去插門。插了門回來，老隊長又罵：

「穿好衣裳，繫好了褲子，像個什麼樣！」

她便進屋去穿衣繫褲，一肚子的委屈也不敢吱聲。那楊緒國就是不露面。

老隊長這才緩緩地對了李小琴：「學生，你說，你這是做什麼的？」

李小琴站都站不住了，一歪身子坐在了地下：「你讓楊緒國出來。」

老隊長噗噗地吸著菸袋，然後說：「你這個大閨女，這麼鬧法對你不好啊！」

李小琴昂起臉。那盞燈正照在她臉上，慘白慘白。頭髮亂紛紛地披了一肩，領口解開了，露出半截脖子，看上去非常的美麗。她說：「你把楊緒國交出來。」

老隊長就像沒聽見她的話，繼續說道：「一年二年的，還不是一眨眼的事情。上面再來招人的，怎麼也是你走。那時候，大楊莊派一輛膠輪馬車，戴了花，掛了綵，風風光光送你到家。」

李小琴已經沒勁了，喊也喊不動。她靠了門板坐在地上，手抱著膝蓋，軟軟地說：「好，楊緒國，你不出來，其實你就在這屋裡，躲在被窩裡，你躲在被窩裡的熊個樣啊！」她停了一停，喘了口氣，又接著慢慢地說：「你怕了。我知道你膽最小，可是你怕也不頂事呀，我要去告你，告你姦污女知青。」她的頭慢慢地垂到膝上，再不抬起了。

老隊長忽然笑了，從沒有牙的嘴裡拔出了菸袋，肩膀一聳一聳的，卻沒有聲音。半晌才說：「你笑死我了，閨女。你說姦污就姦污了？你憑什麼說的？人又憑什麼信你的？你眞要笑死我了。」

李小琴抬起了眼睛，眼睛亮亮的，直望著老隊長，然後她說：「您別笑，大爺。我會告訴您老一件事，你兒會折騰呢，你兒太折騰不過了，閻王老爺氣不過，照他腚上踢了一腳。踢得可不輕的傢伙呢？我告訴了您，您可別往外說啊！」

老隊長不說話，只顧吸菸，一盞油燈搖曳著，在他臉上留下了許多奇怪的影子。

李小琴說完這番話，便筋疲力盡地垂下頭去，心裡突突地什麼也沒有。她困倦得睜不開眼睛了。她的腦袋在膝蓋上滾過來滾過去。她好像坐在了一條船上，在一個太陽天裡游來游去。岸上有個金頭髮的小孩對她招手說：李小琴，你過來。她的船便往岸上靠，卻怎麼也靠不了。靠了幾次，那金頭髮的小女孩就失望了，說：李小琴，你不來，就走了。她一急想叫，一叫卻醒了。她猛一抬頭，見那盞油燈還在搖曳，一絲黑煙直朝空中升去。老隊長蹲在板凳上，吸著菸袋。她心想：這到什麼時候了？

老隊長的臉全隱在黑影裡，不知道他在想什麼。她左右看看，黑團團的一片，只有一圈燈光搖搖晃晃的。她嘴裡發苦，身上打了一個寒噤。她手扶了地想試著站起來，不料老隊長突然地說話了，把她驚得又坐倒了。老隊長說：

「媳婦，你出來。」

女人像一具幽靈一樣，悄無聲息地閃出，倚在秫稭的門邊。

「你讓孩子起來。」老隊長說。

「孩子在睡呢。」女人說。

「鬧他起來。」老隊長說。

「小的呢？」女人問。

「鬧他起來。」老隊長發怒似的。

女人恍惚間不見了，過了一會兒，一手牽了一個孩子站在了門前。

「過來。」老隊長說。

娘三個朝前挪了一步。孩子揉著眼睛，小身子軟軟地直朝下墜，無奈叫他娘牽得緊緊的。

「過來！」老隊長抬高了聲音。

娘三個站在了李小琴的面前。李小琴張著嘴望了她們不知道她們要做什麼。

「跪下。」老隊長說道。

女人遲疑了一下，然後拖了兩個孩子「咚」地跪在了李小琴的面前。李小琴險些兒叫出聲來，不由向後靠去，背脊撞在門板上。那女人倔強地撳下頭，頭髮披下來，遮住了臉。

「對她說：高抬貴手。」老隊長一字一句地說道。

「高抬貴手。」女人說。

「可憐咱娘三個。」

「可憐咱娘三個。」

「可憐咱老爺老娘。」老隊長的聲音微微有點顫抖。

「可憐咱老爺老娘。」

「你在大楊莊一日，供你一日吃喝。」

「你在大楊莊一日，供你一日吃喝。」

「天證地證老爺爺作證。」

「天證地證老爺爺作證。」

「饒了楊緒國個孫子！」

「饒了楊緒國個孫子！」

女人跟了老隊長一字一句地說，聲音在空蕩蕩的屋脊下飄蕩。孩子昏昏沉沉口齒不清地喃喃著，油燈「嗶嗶剝剝」爆著燈花兒。

李小琴白天黑夜地在屋裡哭。哭得姓楊的學生不敢回屋，睡到一個要好的姊妹家裡去了。她便一個人在屋裡啼哭。不吃也不喝，哭累了就昏昏沉沉地睡去，睡醒了再接著哭。有好心的人怕她這樣哭出事來，要去勸解，卻見門從裡槓上了，就拍了門喊：「學生，照你這樣哭法，咱們一莊男女老少，就得去南湖跳大溝了。」她什麼也聽不見，一個勁兒地哭，撕心裂肺，拍門的人不由也紅了眼圈。白天倒還好，怕就怕夜深人靜，雞不叫狗不跳就聽那一陣陣的哭聲，在大楊莊的上空迴盪，好多人都睡不安穩了。就這樣，哭了大約有一個星期左右，有一日早起做活，走過她那小破土坯屋，卻發現門敞著，伸頭一看，屋裡空空的。床上被褥很凌亂，人不見了。人們就有些慌神，去向小隊長楊緒國報告。

楊緒國這幾天不知怎麼，臉黃得像個蠟人似的，茶飯無心，老蹲在當門地上一袋袋地吸菸。聽了這話，臉卻白了。他從嘴裡拔出菸袋，朝地上磕著，磕出一堆菸灰，臉色漸漸轉了過來，才說：「我知道了。」人們很不放心地下地做活了。他又在當門地上蹲了一會，就讓大閨女去叫姓楊的學生來。姓楊的學生來到後，他囑她進城去，上李小琴家看看她是不是回家了，姓楊的學生答應著走了，他便站起身，出了門。他溜溜地下了台子，沿了村道向西頭走，直走到李小琴住的台子下面。這時候，人們都上工去了，莊子裡靜悄悄的，只有幾個老婆婆，抱了孩子在牆根曬太陽。他立了一會兒，就上了台子，走到李小琴的破屋跟前。門果然是敞著的，灶頭冰涼冰涼。鍋底剩了一點水，積了一圈紅鏽，看來長久沒有燒火做飯了。燒草撒了一地，一把苕帚疙瘩擱在上面。床沒有疊，亂糟糟的，床下橫七豎八地扔了兩雙舊鞋。他走過去，提了提那床花被，被子還有些溫熱氣似的，他想：人還沒走遠哩。他又去摸摸褥子，褥子潮漉漉的，留著他所熟悉的人體味兒。他只顧站在那裡，不料門口已聚攏了老人與孩子，站著看他。他轉過身去，對他們說：「要保護現場啊。」他們聽不懂這話，都沒應聲，很嚴肅地望著他，讓開一條路，讓他走了出去。他將門帶上了。

這一天，他沒怎麼幹活，東溜溜，西溜溜。姓楊的學生老也不來，一想，她再怎麼趕，到街上也得正晌午頭，總得讓她吃了晌飯再往回趕吧，怎麼說，也要到傍黑了。有人向他建議，用一張網在南湖溝裡撈魚般地打撈打撈，他乾笑道：「哪至於跳大溝？」朝那人擺擺手；又有人說，將東西頭兩眼井淘一淘，他就有些惱怒，說：「怎麼盡往絕處想。」說罷，背了手岔岔地走開。人們便發現這大半日下來，楊緒國好像老了許多，背又駝了一些，腰都彎了。「多麼像老隊長啊！」人們對著他的背影說。然後的半日裡，楊緒國就好像害怕什麼似的，總也不往南湖的大溝和東西兩眼井邊靠。他家前家後地走，不時鑽到誰家的紅芋窖裡看看，或者扒開哪家的秫秸堆摸摸。人們便又氣又笑道：姓李的學生也不是一塊磚或者一片瓦，就能藏到那樣的地方去了？天黑的時候，姓楊的學生氣喘喘地回來了，說到李小琴家時，她家老奶奶正帶了兩個兄弟吃飯，老奶奶耳聾，以爲是來找李小琴爹媽的，就說，爹拉貨到蚌埠去了，娘早在前二年死了。後來總算聽明白了，就說李小琴沒來家，入了冬就沒來過家。她也沒敢對老奶奶說李小琴不見了的話，就趕著回來彙報了。楊緒國的正裝菸袋的手止不住地顫抖起來，汗如決堤的大河，從背脊上直瀉下來，一片冰涼。人們這才眞正地急了，嚷著要去大溝裡打撈。不等楊緒國發話，就分頭跑了去找漁網。

月亮照著南湖，大溝的水白亮白亮的，三張網拉開一里地的樣子，一網一網打著，水聲在寧靜的夜晚傳得很遠，此起彼落。莊裡則開始淘井，女人抱著孩子遠遠地站了一圈，望著男人們一桶一桶地淘，清冷冷的井水一桶一桶地潑在井台上，潺潺地流淌。直到深夜，孩子在女人的懷裡睡熟了，也沒有打撈出哪怕是李小琴的一隻鞋，一根頭繩。呼呼直喘的人們納悶著：這妮子是到哪裡去了呢？三星已經偏西，地凍得堅硬，人們提了水桶和漁網回家睡覺了。這一夜，特別地安靜，最凶的狗都沒有叫一聲。

第二日，楊緒國派人到鄰近凡有學生下放的地方去查一查，也許李小琴賭氣跑到同學那裡去了。老隊長親自囑咐他們，萬不可漏出不見了人的事，只不過是得了空走親戚，隨便問問罷了。此外，楊緒國私下還讓本家的堂兄弟，裝作賣豬苗的樣子，到縣委五七辦公室門口轉轉。他說：李小琴會不會眞上那兒去了呢？想到李小琴也許會上五七辦公室，李小琴就像眞上了五七辦公室了。他腦子裡頓時出現了公安警察拿了銬子來逮人的情景，心不由得一逕向下沉去。他沒有一點做活的心思，就在空蕩蕩的村莊裡來回地走著。人們都出工了，在暖烘烘的太陽下挖著凍土。他摸摸自家園子的籬笆，見有一截鬆了，便找了些繩頭重新紮了紮。他望著園子裡的土，心想，開春了要點幾株豆和幾秧瓜。他想了一會兒就從自家園子跟前走開，村道上有幾個驢屎蛋子，他順腳踢到路邊人家的菜園裡。豬在牆根哼哼著蹭癢，小孩在地上抓土疙瘩耍。太陽明晃晃地照著，照得背心發熱。雞在村道上走著啄食，落了葉的樹枝條伸展著映在碧藍的天幕上，好像是一幅畫兒。他想想：大楊莊多麼的好啊！這麼一想卻差點兒落下淚來。他淚濛濛地看見一個老婆子抱了個娃娃，一顛一顛地攆雞回窩下蛋，嘴裡「咯咯」地叫著。他心裡忽然生出一個很古怪的感覺，他覺得那瘸腿癟嘴的老婆子其實是他的奶奶，而那癩頭疤眼的小子是他楊緒國自己。他奶奶抱了他「咯咯」地攆雞，不一會兒，便下了個大雞子兒。他這時候又像是聽到了奶奶死時釘壽材的「嘭嘭」聲響，他喊道：「奶奶，躲釘；奶奶，躲釘！」他的很稚嫩的聲音在一片嗚嗚咽咽的哭泣中，就好像嘹亮的歌唱。他的眼淚「啪」地落了下來，將他自己驚了一跳，如同夢醒一般回了過來。他很害臊地用手指頭捻了捻眼睛，眼角上還糊著眼屎，早起忘了洗臉了。這時，他看見有兩個女人心急火燎地往莊子裡跑，曉得是歇歇回家奶娃娃的，心裡還跳了一陣，怕是有什麼事情要臨頭了。兩個女人沒看見他，一逕上了台子，各人往各人家裡去了。

他往家後小學校去了。小學校裡正在做操，抬腿舉胳膊，踢起一片塵土。他沒敢往跟前去，遠遠地瞅著他的大孩，也夾在裡面一起做操，小的那個，還輪不上念書，家裡又沒人看管，日日跟了姊姊來學校，這會兒就坐在邊上樹底下看。他忍不住朝前走了兩步，小的腳尖，一下瞅見了他，就高喊著「爸！爸！」跑了過來。他想躲也沒躲及，被小子抱住了腿。也不知咋的，他這會兒竟想到了小子娶媳婦的事，吹吹打打的，院裡扯起帳篷，擺開流水席，全莊男女老少都來坐席，吃著大肉丸子大鯉魚。他將小子抱了起來，抱回到樹底下。小學生收了操，正回教室，老師落在後頭，看見了他，就說：「怎麼？得空來學校瞧瞧。」他便問道，每日有哪幾樣課。老師回答說，每週一共有多少節語文，多少節算術，多少節圖畫、唱歌、體育，他就說，很好。然後說還有事，轉身走了。他又走到了隊部，會計撥著算盤珠子「嘩嘩啦啦」地在算帳。他沒打擾，悄悄走開了。當他從學生住的破土坯屋下走過時，強忍著不去看那屋。那屋的窗洞裡本來塞了麥穰子，叫搗蛋的孩子一點一點掏完了，就像一隻黑洞洞的眼睛。他覺著，李小琴的冤魂正從裡面慢慢地，像水一樣流了出來。他害怕地想：李小琴啊，可不是我害的你，是你自己心窄啊！

夜裡，他就作了噩夢，夢見李小琴披著頭髮，血紅的眼睛，血紅的舌頭，慘笑著朝他逼過來，他不由驚叫起來。女人將張床搖得「咯吱咯吱」響，才將他搖醒。搖醒過來，他一躍躍得老高，然後坐倒在床上，汗如雨下，女人將頭蒙在被裡，淒淒地哭了。女人已經好久沒跟他說話了。就在李小琴槓了門沒日沒夜哭的時候，女人也是尋死覓活來著。家裡將剪刀、繩子，還有兩瓶「樂果」藏的藏，扔的扔。直到李小琴在一夜之間，猶如上天入地一般不見了，大家夥慌起來，她心裡暗暗地其實比誰都急，這才漸漸地不鬧了。這時候，楊緒國坐在床上，一陣一陣地出冷汗，太陽穴的青筋突突地跳著，女人在潮漉漉的被窩裡傷心斷腸地哭。楊緒國喘了一會兒，慢慢地將頭垂下，然後說道：

「好了，你別哭，也別惱了，我總是要得報應了。」

女人的哭聲小些了，夜晚顯得格外地靜。「李小琴死不見屍，活不見人，不論是死是活，她不會就這樣放了我去。」

女人不哭了，也不抽鼻子，有老鼠吱吱的叫聲。

「她要活著，得告我下大獄，要死了，鬼魂也要來纏我。」

屋裡黑得伸手不見五指，他的聲音迴盪著，發出回聲。

「你要再饒不了我，我更是死也不成，活也不成，乾脆跳大溝去吧！」

「你不跳不是漢子。」女人嘶啞著嗓子說話了。

聽了這話，他卻笑了：「你倒和我說話了。」

女人便唾：「呸！」

他這又正色道：「說實在，跳也就跳了，我是捨不下你，還有孩子，尤其是那小的。」

「放屁！」女人罵。

「我現在是連個屁也不如了。」他苦笑。

女人不作聲了，他也不再作聲，過了好久，他長嘆了一聲，倒下睡了。

下一日，四下去「走親戚」的人相繼回來了。有說那裡的學生不認識李小琴；有認識的但關係淺淡，向不與她往來；有關係近的近日也並沒走動。回來的人還說，學生們近日都在忙招工，走的走，散的散，找著他們多半很不容易。那賣豬苗的本家兄弟悄悄與楊緒國說，他在縣五七辦公室院子外遛達了許多時，見有無數男女學生往那裡跑，他眼睛都沒敢眨一眨，到底沒有看見李小琴。楊緒國略微寬了寬心，那堂兄弟卻還不走，覷了他幾眼，又說，在街上聽人傳，政府正抓姦污女知青、卡扣知青口糧等等的典型。他聽了心裡又是一緊，那人便拍拍腿走了。楊緒國蹲在當門，手裡的菸袋在地上左一道右一道地畫著。這時候，女人湊在他耳邊小聲說：

「出去躲幾日吧！」

他不由怒從中來，直眉瞪眼地說：「躲什麼？老子沒做虧心事，夜半不怕鬼敲門。」

女人沒作聲，只從鼻子眼裡哼了一聲，走開了。

他心裡亂糟糟的，罵道：「這是個什麼事啊！聽你個娘們沒日沒夜地鬧。」

女人心裡有氣，可見他煩惱的樣子，也不敢再招惹了。

他便更加逞性，抬手將桌上一個大磁碗摔成了八瓣。又將菸袋折了。

女人過來將碗碴子掃掃，在門前挖了個坑，埋了，生怕扎了孩子的腳。他發洩了一通，心裡好像鬆快了一些，卻十分軟弱，找個地方哭一場才好。女人這才又對他說：

「上回我娘就捎話來，說她又犯心口疼，我有心回去，這邊孩子、豬苗、雞啊鴨的又撇不下，不如你趁這幾日隊裡活不緊，騎車去看看。我給你蒸兩鍋饃饃捎上，到了那邊，也不必急著回來，好歹住幾日，她老人家心裡快活，病也就好了八成。」

他悶了頭蹲著，沒有回嘴，女人說完了，也並不怎樣勸他，兀自拿了黃盆就和麵了。白麵裡摻了蕎麥麵，又摻了些豆麵，和上了麵頭，坐在鍋裡等著發。然後就提了鐵鍬，上工去了。他望著女人走去的背影，心想：這媳婦是百裡挑一的。直到現在，他才兜心底裡開始後悔了。

雞才叫頭遍，女人就打發他走了。天還黑著，啓明星在天上靜靜地亮著，拾糞的老頭也還沒有起來。他打著寒噤，迎著刺骨的寒風，自行車軲轆壓過坑坑窪窪的村道，一顛一顛的。他努力穩住車頭，不叫弄出太大的動靜，終於騎出了莊子。

女人的娘家離這裡有四十里地，卻已出了縣界。他沿了南湖走，湖裡的麥子還沒睡醒，有一些積雪，地邊上結著白花花的霜。天開始亮了。臉已叫風吹木，不覺著凍，腳卻漸漸地熱了。南湖一望無際，只有一座破陋的草房，立在南湖中的一小塊場邊上。他想：這南湖可真像海似的。可是他從來沒有見過海。天邊漸漸地越來越高，而且發紅，紅得好像火光。他想：太陽要出來了。眼看著半個天空全紅了，有雲彩在紅光中飛舞。他有些高興起來。風好像息了，渾身暖烘烘的，甚至有些出汗。他將棉帽子摘了，掛在車頭上。忽然間，地平線上浮起半輪日頭，金光閃耀，燦爛無比。那日頭慢慢地浮起，五彩紅霞托著它，慢慢地，然後陡地向上一拋，騰地起來了。光輝籠罩南湖。他熱烈地踩著車子，躬下腰，直朝南方駛去，心裡充滿了吉祥的兆頭。

太陽很快上了中天，將他烤出一腦門油汗。他又將襖脫了，放慢了車速，緩緩向前騎。前邊一條大路筆筆直，看不見盡頭。他心裡有些糊塗，想著：這是走出多遠了呢？路邊有拾糞的老頭走過，說話的口音已經有些改變，他明白已經走過了縣界。他本應該鬆快鬆快的，卻沉重起來，他茫茫地想道：什麼時候回去呢？這麼一想就好像離家已有十年八年的了。他想著回家的日子，一邊慢慢地向前騎。心裡有些憂傷。他又想：李小琴啊，你讓我有家不能回。這時候，他就好像看見李小琴正笑盈盈地朝他走來，恍恍的，想說：李小琴，你要到哪裡去？卻又見大路上靜悄悄沒有一個人影，就罵自己鬼迷心竅，執迷不悟。

直到晌後一二點的光景，他才到了地方，那地方叫作棗林子，是個二三十戶的小莊。有人看見一個騎車子的往這邊來，早早就站住了腳。等看清了是哪家的女婿，立馬轉身去報告。一傳十，十傳百，等他進莊，一莊人都曉得了。他那心口疼的老岳母，也已起身讓小孩去地裡叫他小舅來家。那小舅忙著去供銷社買菸酒，弟妹就殺雞割豆腐。人們走過他家門前問道：「做幾個菜接姑爺呀？」那小小巧巧的女人就笑道：「韭菜加一菜，十菜！」到點燈的時候，老丈人就去叫了莊上最有體面的幹部來陪客。女婿是遠近聞名的大楊莊上的人，且又是黨員幹部，給他們家添了許多光榮。待到聽說，他還打算多住幾日，幾乎樂顛了。酒過三巡，就開始划拳行令了。這女婿的拳出神入化，又有品格。拳到口到，口到拳到，輸了就大口地喝酒，小口地吃菜，贏了卻不驕矜忘形，落落大方。且又有些擔心，覺著女婿酒喝得太多太猛，雖是海量，卻也應留點底，卻不敢掃他的興，只得由他一盅一盅地乾去。直喝到三星偏西，才紛紛嚷道夠勁，夠勁，將酒盅合在桌上。那弟妹又重新熱菜餾饃，做了個酸湯。這時，他已微醉，眼皮惺忪著，嘻嘻地一個勁兒笑。老岳母便想：喝多了不多嘴不鬧人，卻只是笑，可見女婿是一個好性子人。覺著自己女兒很有福氣，竟撩起衣衫擦了把淚。那一夜，女婿睡得個死人似的，直睡到第二日的晌午，醒來喝了一碗雞蛋湯，又倒下接著睡。這一覺就睡長了，直到天黑也沒醒。睡得老人有些害怕，進屋瞧了幾次。他打著很沉的鼾聲，不像有病的樣子，才又悄悄地退出。幾個上門與他拉呱的幹部坐了一時也悄悄地離去了。

他一人占了間東屋，睡一張大床。瘦長的身子蜷曲起來，像個吃奶孩子似的。老丈人怕他夜裡睡醒會有事，就在床前三屜桌上點了一盞小油燈，將燈心弄得極細，暗暗的。他便老覺著有一團小火在他眼皮子上跳躍。風吹過門前的棗樹枝子，颼颼地響。狗很柔和地吠著。老兩口上了床還在想：女婿這一覺睡得多麼長啊！接著又想：可見平日裡多麼勞累。他們很不安又很幸福地吹了燈睡下，互相叮囑著要睡得清醒一些，女婿睡醒過來一定會餓了或者渴了。然後就聽見孫子鬧夜的哭聲，便壓了聲罵道：睡死了啊！媳婦這才醒來呵呵地哄著，漸漸地安靜下來。他沉沉地睡著，什麼聲音都聽不見，好像墮入了深淵。那一盞小燈終於油乾，忽閃著要滅。他卻像被人催迫了一般，陡地醒了過來，還來得及最後地看見一眼這間陌生的屋間，燈已經滅了。他心怦怦地跳著，不知身在何處，門外風呼呼地吹。他慢慢穩住神，想起這是岳父家裡，接著便想起他騎車來的情景，還有那一夜的酒席。他不知這是什麼時候的事了，想問人，卻是夜深人靜。他翻過身來，臉朝上躺著，渾身筋骨痠痠的，好像在河工上一連推了幾日的小車，又好像得病了。他想，我是喝多了。喝這麼些酒管什麼用呢？他苦笑道。他聽見了老人睡覺磨牙的聲音，覺著十分的不慣。他這樣一動不動地躺了一會兒，身上漸漸覺著好些兒了，力氣也來了。他便坐了起來，想摸盒火柴點上燈。一摸卻摸著一盒菸捲和一盒火柴。他想了一下沒去點燈，而是點著了菸捲，然後就半靠在床上吸菸。他望著菸頭在黑暗裡一紅一紅的，覺著自己這才活了過來，就有些高興。他吸著菸，緩緩地想著：俗話說，跑得了和尚跑不了廟；俗話又說，躲得初一，躲不了十五。不如回去吧。他一根接著一根抽，眼看就把一盒菸捲全吸完了，這時，天已經發白了。他將最後一個菸頭在地上撳滅，決定今日就回去。

早起，他便對老人說，家裡事多，實在放不下心來，想今日就走。老人雖很諒解，也不敢延誤女婿的大事，卻是十二分地失望。最後，還是硬留了一夜，到了明日，一早去集上稱了幾斤果子，割了幾斤肉，吃了晌午飯，才讓他上路。他騎車出了莊子，上了大路，心裡反倒踏實了。他想：走是對的。又想：來都是不該來的。他心裡算了一下，離開莊子已有三天三夜，不曉得這時候鬧騰成什麼樣子了。他這麼想著，心裡非但不害怕，還有點急急地想回去看看，便更加下力地踩車子。月亮升起了，風吹在臉上，一點不涼，還有些暖暖的。想到立馬可見到媳婦和孩子，他甚至高興起來。溶溶的月光裡，麥地裡好像有一點一點的綠色，他想：麥子發芽了嗎？

當他駛進莊子的時候，有線廣播已經結束，有一兩條狗叫了幾聲，很快就認出是本莊上的人，就不再叫了。雞在窩裡撲騰著。村路白生生的。車子從學生住的土坯屋下駛過的時候，他忽然生出一個念頭，要到那屋裡去瞅一眼。他想：李小琴，你是鑽地底下去了嗎？他下了車，將車子支在路邊，然後就上了台子。他想：我不相信你會鑽地底下去。他有點興奮又有點忐忑不安，好像要去捉一個賊似的。月光很涼爽地照著他，他心裡很清楚也很振作。當他走向那小土坯屋時，腦子裡忽然湧起許多回憶，他略略有些激動地想道：李小琴，你做死鬼，我下大獄，我們也兩清了。老鴉在光禿禿的樹梢上叫了兩聲，他走到了門前。門和他走時一樣，虛掩著，他輕輕一推便「吱」地一響，卻聽有聲音說：

「是誰？」

他不由得一驚，猛地想起還有那姓楊的學生，八成又搬回來住了，便鎮定下來說：

「是小楊嗎？」

那聲音卻吃吃地笑了。

他不由得一陣毛骨悚然，幾乎要驚叫起來。他恨自己沒帶一個電棒，於是便滿身上下摸火柴。一邊問道：「屋裡到底是誰？」

「我呀。」那聲音慢慢地說。

這時候，他湊著門口映進的月光，勉強看見床上坐了一個人，臉色慘白慘白，卻在笑。

「李小琴！」他失聲叫道，以爲自己是在作夢。

「楊緒國。」她說。

「你什麼時候回來的？李小琴。」他哆嗦著問。

「昨天。你到哪裡去了？楊緒國。」她問。

「我，我有事出去了。」他狼狽不堪地答道，進也不好，退也不好。

「你把門關上，我們兩人說說話。」李小琴卻說。

他就像被鬼使了似的，眞地關上了門，走到她跟前。

「我以爲你鑽到地底下去了呢！」李小琴說，又招呼他：「過來，過來呀！」

門關上後，屋裡變得一片漆黑。他站在那裡，覺得有一隻手伸過來拉他。那手綿軟得很，卻相當有力，將他拉得一個踉蹌，坐倒在床邊上。窗洞裡透進一點光，隱隱地照亮了她的面容，她瘦了許多，變了樣子，眼睛亮得出奇。他有些害怕。她好像看出了他的心思，就說：

「你別怕。」

他逞強道：「我怕什麼，你有什麼話，快說。我要回家呢。」

李小琴笑了一下，鬆開了手，抱住膝蓋，刀削似的下巴頦兒抵在膝頭上，慢慢地說道：「楊緒國，你知道我跑哪兒去了？」

「誰知道！」他悻悻地說。

「我先是跑回家了，到了家門口，就轉了回來，到了南湖。到了南湖大溝邊，我又站住了。在莊子裡轉了轉，從東邊的井，轉到西邊的井。我又去十里鋪咱同學插隊的地方，到了那裡，她插了門不在。我就又進了城。最後，我到了五七辦公室。你知道五七辦公室嗎？」她問他。

「知道，不就是在縣委大院旁邊那小院裡。」

「不錯，你知道的很多，楊緒國。」她誇獎他。

他有些害羞似的，低下了頭。

「我在那門口轉來轉去，轉餓了，就去買幾兩包子吃。你不知道，我有好多天米水不沾牙了。」

「我也知道的。」他說。

她便又誇獎地笑了一笑，繼續說道：「晚上，我沒回家，到我同學家借一宿。她家只有個老母親，她那年逞著性子到鹽城那邊的軍墾農場了。比咱家清靜多了。我對她娘說：我陪你睡吧，大娘。可把她樂瘋了，天天夜裡和我說話，東家長，西家短。她說，我就應，你知道我心裡想什麼嗎？」

「不知道。」他聽出了神，見她又問，便忙不迭地回答。

「原來你也有不知道的事情，楊緒國。」她瞅了他一眼，接著往下說，「我心裡一夜一夜的就在想一句話：我是告楊緒國呢，還是不告？」

楊緒國哆嗦了一下。

「我是告呢，還是不告？」她側過臉，仔細地看著楊緒國的臉，黑漆漆的臉，黑漆漆的一片，只看得出他眼睛裡散發的微光。

他漸漸地平靜下來，心裡一片空明。

「好了，我的話說完了，你可以回家了。」她疲倦地向後躺去，靠在潮濕冰涼的土牆上。

他沒動彈，過了一會兒，從兜裡摸出菸和火柴。火柴劃亮了，照亮了他的臉。他平靜的表情使得李小琴暗暗有些吃驚。

他慢慢地吸完了一支菸，將菸頭扔在地上，卻不用腳踩滅。菸頭在黑暗中亮著。然後，他脫了棉襖，又脫了棉褲，只穿了一身破爛的絨衣。他微微打著顫將臉湊近李小琴的臉，兩張臉在黑暗中互相凝視著。半晌，她將被子一揭，他便鑽了進去。他一鑽進去，便開始行動。他先折騰著將自己那一身又髒又破的絨衣脫了，再去剝她的衣裳。他沒有耐心解她的鈕子，而是用手扯著撕開，轉眼間將她的衣服撕成碎片，撒了滿地。他又去扯她的辮子，將她的頭髮扯散，披了滿頭滿臉，就像一個復仇的冤鬼。然後，他獰笑了一聲，將她的身子壓住了。

她的肌體如凝凍的流水，就在他觸到她的那一霎，融解了。他禁不住地驚嘆：多好的身子啊！他不由將過去和今後的所有事情全都忘記了。這身子是冰雪晶瑩，而在深處，飽滿的血液在纖細柔韌的血管裡潺潺地奔流。他渾身發熱，嚴冬過去，春天到了。他踢開身上的被子，罵道：我操你奶奶的。被子落到了泥地上。這時候，他才覺得無羈無絆，無比的自由，精力十足。他好像一條強壯的大魚一般，在黑暗裡游動，將黑暗攪動得十分不寧。哈哈！他笑道，哈哈，多麼自在啊！他高叫著。他力大無窮，又身輕如燕。他挾裹著她悄然無聲地落在地上的棉被上。他細長的身子能屈能伸，舒展異常。他的身體在剎那間「滋滋」地長出了堅韌的肌肉，肌肉在皮膚底下轟隆隆地雷聲般地滾動。他的皮膚漸漸明亮，茁壯的汗珠閃爍著純潔的光芒。哎呀，奶奶的！他興高采烈地嚷著，高興得像一個不曉人事的孩子。他甚至無緣無故地在空中踢騰著兩條古怪的長腿，汗珠從稀疏的汗毛上落下。我能活一百歲，不，一千歲！不，一萬歲！他欣喜地想道。我只活這一次，就抵得上一百歲，一千歲，一萬歲！他又熱烈地想道。管他呢！婊孫子。他又罵，耍著無賴。他高興得不知道該怎麼才好。她的身子千變萬化詭計多端，或者曲意奉承，或者橫行逆馳，忽是神出鬼沒，忽是坦誠無遺，他止不住地嘆道：多聰明的身子啊！他仔仔細細地親著她的每一寸身體，她的每一寸身體都意義無窮。他親到後來就十分感動，變得十分溫存。啊，媽媽的！媽媽的！媽媽的！他溫柔地一迭聲地叫。手心裡粗糙麻木的繭子已被她光滑的身子摩擦得十分柔軟而且敏感；嘴唇上被風吹破的裂口，緩緩地流盡了鮮血，開始彌合。他無拘無束地伸屈身體，想像力無比的豐富。他在鋪開的棉被上打著滾，好像回到了童年的時刻。

她又驚又喜地任憑他擺布，心裡想著：他這就像換了一個人似的，眞如猛虎下山啊！她調皮地偷著懶，平平躺著不做一點努力。他的骨頭鏗鏘作響，她禁不住歡樂地回應道：哎，哎，哎，哎呀！她的叫聲被他的喊聲壓倒，她更加驚喜地想：他這是頭一次將我壓倒啊！她的頭髮糾纏在她的臉上，她幾乎要窒息。透過密密的頭髮，她看見他猶如一條大魚在歡暢而神奇地游動。她頃刻間化作了一條小小的鰻魚，與他嬉耍起來。她是那麼無憂無慮，似乎從來不曾發生過什麼，將來也不會再發生什麼。她的生命變成了沒有過去也沒有將來的一個瞬間。我寧願死！她高叫道，被他挾裹了，帶往不明白的地方。她閉上眼睛，不作任何抵抗，即使她作抵抗，也是爲了加倍激勵他的熱情和精力。他的心在胸膛裡噹噹地跳著，好像敲響了一口大鐘，這世界上，誰能比得上我啊！她激昂地想著。她的心跳像一串銀色的小鈴。他堅強如鋼的鎖骨幾乎將她勒死，她奄奄一息了還最後地叫道：啊，啊，啊，啊，啊呀！她的昏迷就像最純潔的睡眠。他的肋骨在她柔軟的肌體上如履帶一般高唱著進行曲輾過。她慢慢地甦醒過來，懷著新鮮的勃勃的精力。他長長的頸脖像鵝頸一樣絞著她的脖子，她險些兒又要昏厥過去，她只好求救道：你，你，你，你，你啊！她心裡沒有愛也沒有恨，恨和愛變得那樣的無聊，早被她遠遠地拋擲一邊。她終於掙扎著翻身而起，勉勉強強得勝。她兩手撫著他歷歷可數的肋骨，肋骨「得啷啷」地從她手心裡捋過，猶如一排出色的琴鍵。她便歌唱道：呵，呵，呵，呵，呵嗬！她將他從頭撫到腳，他是那麼的長，她撫了許久才撫到盡頭。她的嬌嫩的小手在他身上作著漫長的行軍，岩漿在地下奔騰。她淌出了手汗，濕漉漉的。她的頭髮梢在往下滴水，一縷一縷黏在了她的額上。春天過去，夏天到了。然後是播種的季節。

他們的身體熱烈地交戰，最終合二而一。他們不知道這身體誰是誰的，於是一同高叫：呀，呀，呀，呀！生命如水在體內交流，發出響亮的咕嚕嚕的水聲，翻滾著潔白如雪的泡沫。他們幸福得不知所措，反倒啞然無聲。過了很久，他們才一同喘息道：這可怎麼得了！這可怎麼得了！那一股亡命的激情逐漸過去，緩緩地唱著副歌。他們懶懶地微笑著半閉了眼睛，喃喃地說：眞睏啊！睡眠變得無比的美好，黑暗溫暖地守衛著睡眠。他們半睡半醒地香甜地咂嘴，互相往懷裡鑽著，撫慰著自己。他們手指頭勾著手指頭，時時不分離的樣子。然後他們又一同凍醒，不知不覺中，門外颳起了雪珠，沙啦啦地從門前地上掃過，天地是灰白色的。

他在夜半兩點鐘的光景摸回了自己的家，不等他敲門，門已自動開了。堂屋桌上點了一盞油燈，父親和女人坐在門前，已經等候了他兩天兩夜。父親見他回來，長嘆一聲，起身回了後屋。細瘦的身影，踉蹌地穿過後院。他倒頭就睡，女人則啜泣著開始和麵，黃盆噹噹的輕響，又有擀皮的聲音，擀麵杖軲轆轆地滾動了。女人擀了皮子，就一只一只地捏起餃子。韭菜雞蛋的肉餡已經調好了兩日，只等他到家就讓他吃了好上路。俗話說：起腳的扁食落腳的麵啊！女人流著眼淚，仔細地捏著餃子，將半圓的餃子邊捏出整齊的花瓣。他只來得及想一句：好歹是到家了，就人事不省地睡去了。

第二日，他吃完兩碗餃子，嘴還沒抹一下，莊子裡就騷動起來。有一輛吉普車從城裡直開而來，走下兩名公安員，將楊緒國帶走了。

第三章

小崗上

小崗上是個僅二十來戶人家的小莊，在一個低低的小崗上，便這麼叫了。前後二三行台子，十幾二十座土坯房，有幾棵棗樹，還有一棵槐樹。槐樹開花時，一莊的小孩都來用竹竿子打槐花，打了後交給大人，好炒雞蛋吃。小崗上同另兩個稍大點的莊子，合成一個大隊，自己就是一個生產小隊。三個莊子之間相距各有三四里、四五里，數小崗上最遠。傍晚的時候，放學的小孩趕了自家的黑不黑、白不白的小羊找草吃，站在崗上，望了下邊的大路和大路上走的人，就「噢噢」地亂喊一氣。這時候，日頭漸漸地落了，下面的大路成了一條金光大河。小孩看呆了，張了嘴呆呆地站著，望著那紅球滾啊滾的，直落下河那盡頭。然後他們就唱著歌兒下了崗子。

李小琴挑了一個莊裡最沒人的時候，到了小崗上。大約是早上十點鐘的光景，人都下地做活了，莊子裡靜悄悄的，沒有人。隊長將她帶到莊子最靠西，正好臨了大路的那一頭的一間小屋門前，讓她好好休息，自己就轉頭下了地。小屋的地上新墊了土，一眼小灶也是新壘的。一張案板用土坯墊了腳，床上鋪了隔年的麥穰。梁上燕子已經做了窩，小燕子嘰嘰喳喳的。她想：怎麼這樣靜呢？她在當門站了一會兒，就動手鋪床，找地方擱東西，不一會兒就忙完了，天也到了晌午頭。就有幾個女人從地裡回來，沓沓地走過，大聲嚷嚷著。她無心做飯，從書包裡摸出一個涼饃，坐在床沿上啃。有人探頭進來，說道：「學生來了！」她便朝那人笑笑，接著啃她的饃，那人就有些羞慚似地縮頭走了。自後，探頭的人就不斷了，她只是不動窩，坐在床沿上。饃已經啃完了，掉了一地的渣子。她覺得有點渴，就對門口一個小孩問道：「小孩，井在哪頭？」那孩子一扭頭跑了。她用腳踢了踢地，一撐胳膊站了起來，出門到隔壁去借桶。「大嫂，桶借咱使使吧！」她嘴很甜地喊，那大嫂便借了桶給她，還問她吃了沒有。她答過之後就照了指點去挑水。太陽照得她眼花，她便瞇著眼，很挑剔地打量著這莊子，一悠一悠地往井沿去了。井沿上站了個人在提水，她就趕了那人叫大哥，將人臉叫紅了，她則笑嘻嘻的。慢慢放下桶去，左右一划，只聽嘩的一聲，一桶水蓄滿了。好一手絕活！那人暗暗嘆道。她換了手一點一點拉上來，又放另一只桶。有雀子在天上喳喳地叫。家家屋頂上升起了炊煙，她蹲在桶邊上，用手掬一捧水喝喝，直涼到心裡。她擦擦嘴在心裡說聲：好水！這時候，她看見了井底裡自己的影子。那井筒是筆陡筆陡，直深到地底。她的影子在地底深處，活靈活現的。一努嘴，一皺鼻，都映得清清楚楚。在她後面，是很高很遠的藍天。她直愣愣地望著井底下的自己，又想哭，又想笑。她對自己說「喂，」聲音就輕輕地在井壁上碰出回聲。「你這是在哪呀？」她在心裡問道，就好像有回聲從井下傳上來：「你這是在哪呀！」她靜靜地望了半天，才嘆了口氣，直起身子，慢慢地將一挑水挑了回去。下午，她就跟了去鋤地了。大家早知她是從大楊莊過來的，就向她打聽大楊莊的事。問她大楊莊五十四代子孫是眞傳還是後續的，那老爺爺實有其人還是杜撰的。她有問必答，不知道的則說不知道。人們又問她下放多久了，誇她農活做得好，人也長得俊，她便做出很謙虛的樣子，心裡卻說：老娘們眞煩人！大家看她這麼好性子，就加倍地問她，街上的人是怎麼度日，吃什麼飯食，睡什麼樣的床，婚喪嫁娶的排場和鄉裡有何區別。到了收工，李小琴和人們一同回到莊上，關上門，一頭扎到床上，再也不想動彈了。窗外傳來小孩噢噢噢的亂叫，不知叫個什麼。叫著叫著，天就紅了，她又聽見有人在拍她的門。見她煙囪沒冒煙，就來叫她去家吃飯。她閉上眼睛假裝睡了，那人敲了一陣便走了。等她慢慢地睜開眼睛，屋裡已經黑了，一滴眼淚從她的眼角慢慢地流下，她想：我從此就在這地方了。心裡靜靜的，卻沒有半點悲哀。她又想：人活著，算個什麼事呢？窗外的孩子唱著歌兒走了。她雙手枕著頭，躺在被垛上，一隻腳擱床上，一隻腳垂著地。也不知過了多久，又有人來拍她的門，叫她去牛房記工。她這才懶懶地起來，拿了工分本走到前邊牛房。牛房裡點了一盞燈，牆根的黑影地裡蹲了一圈人，默默的。她便也蹲在了一個奶孩子的女人旁邊。女人大敞了懷，困乏地半垂了眼皮，孩子吸著一個奶頭，枯黃的小手抓著另一個。她望了那小孩的腮幫一鼓一鼓，斷然想道：人活著，是沒有一點意思的。牛在槽前反芻，崗下大路上隱約傳來大車的轆轆聲。

從此，李小琴便在小崗上待下了，日復一日，月復一月。轉眼，麥收了，再轉眼，麥收完了。李小琴將鐮刀往牆角一扔，背起糞箕子下地收紅芋了。紅芋收到場上，再分到各家各戶，然後，早早晚晚地都開始切紅芋片。刀切剁板的叮叮噹噹聲，徹夜地響著。小孩子就拿一枚大針，穿一根長線，將芋乾片一片一片穿起，掛在樹上，檐下，日裡曬，夜裡收。

這天夜裡，李小琴點了燈，坐在板凳上用菜刀切紅芋。她將刀磨得飛快，刀起刀落，就是一摞厚薄均勻的紅芋片。屋裡散發著紅芋發酵的夾了霉味的酸甜氣。她分開雙腿，兩隻穿了搭絆布鞋的腳伸出遠遠的，腿間地上擱了一塊大木頭疙瘩，身邊點一盞油燈，一邊聽話匣子裡唱歌。後來，話匣子唱完了，沒動靜了，她的手也切酸了。她活動活動手腕，決定將這些切下的全部穿起再上床睡覺。便找了針和線，開始穿紅芋片。窗外崗下，大路上正過著車隊，大車轔轔，久久不斷。她微微有些困倦，身上懶懶的，手卻飛快地動作，一眨眼就穿成了長長的一串。她有些愉快地想：做個鄉裡人有什麼了不得的。水塘邊有青蛙呱呱地叫。棗樹被風吹得沙啦啦響。有棗子噗噗地落了地。忽然，她聽見門響了一下，不由得一驚，叫道：「誰？」沒有回聲。她屏息聽了一會兒，自語道：「是風。」這時，她才發現並沒有插門，就站起身去插門。不料，門又響了一下，她猛地上前拉開門，門外月光亮堂堂的，什麼也沒有，她自語道：「又是風。」便要關門。可是門卻叫什麼頂住了，非但關不上，還慢慢地推開了，門口站著鬼似的一個楊緒國。本來就是個刀條臉，這會兒只剩二指闊了，背駝成了羅鍋，眼睛忽閃忽閃的不安定，恍恍惚惚的，推開門就要進來。

李小琴渾身哆嗦，要攔他，卻被他擋在一邊。他進屋就將門掩上了，眼睛直盯著李小琴，又轉身左右前後亂看，直到看見了水缸，眼神才定，舀了瓢水咕嘟咕嘟地灌了，水從嘴角往下流，將衣襟全沾濕了。他灌完了，隨手將瓢一丟，望了李小琴笑了，露出白生生的牙齒，臉色亮了一下。然後，他開始說話了。他說話的聲音很安靜，不像有病的樣子。他說：

「李小琴，我很想你啊！」

李小琴靠在秫稭牆上索索地抖著，語不成調地說道：「你走。」

他苦笑了一下：「李小琴，我找得你好苦，你倒叫我走。」說著，他走過來，拉著李小琴的手，李小琴想掙脫卻沒成，反叫他拽得更緊了，「他們諒我是初犯，又是貧下中農出身，幸虧你李小琴沒尋短見啊！」他嘻嘻地笑了一聲，「他們革了我的黨員同幹部，把我放了。」

「混帳毬的！」李小琴尖聲罵道。

「你看你，罵人多不好，還是學生呢！」他微笑著，將她從秫稭牆前拉過來，臉對臉地站著。

「楊緒國，你要幹什麼？我喊人了！」李小琴發怒道。

「你別急，李小琴，我還有話呢，縣上押了我一冬，才交給了公社，在公社勞動了一個半月，可是半個工也不算啊！過後，又組織了一個批鬥隊，拉著我全公社走了一遍。」他輕輕嘆了一聲，「這一回，可受教育了。每日跑一個點，每到一個點就拉場子。我耷拉著腦袋站在中央，批判隊站我後邊，一個跟一個來批，批得我裡裡外外不是個人了。批完了，收場了，我得挑水、和麵、燒鍋、刷碗，就是吃得好，清一色的小麥麵。」

李小琴終於掙脫了他的手，或者說是他自己將李小琴鬆了。她一下子坐在了紅芋堆上。他便朝了她蹲下去，對了她的臉接著說：

「白日裡幹這些，夜裡還派人守著我，守我做啥呢？怕我尋短見。我怎麼會尋短見呢？」

「你死去！」她咬咬牙罵道。

「我死不了啊！家裡有老有少。還有你，你這個妮子啊！」他抬起手在她眉心裡戳了一下。

她打了個寒噤。

「我回到莊上，就見你們那屋裡放進一盤電磨，做磨房了。我曉得你走了。又不好問人，也沒人肯對我說。後來，就是今天早上，我趕集去賣豬，咱家的豬長那麼大了。」他張開手比畫了一下，繼續說道：「在集上，我聽人在拉閒呱，說有個女學生，讓壞人糟蹋了。那壞人還是有錢有勢的。她偏去告，到底把那壞人告倒了，吃了槍子兒。女學生在原先那莊子就待不下去了。縣裡照顧她，由她自己挑個好地場轉去。不料想，她不去最富的地方，也不去最靠街的地方，卻挑了個最遠最窮、向來不派學生的地方。縣裡幹部勸她再想想，她一口咬死，非去那兒不成，最後只得由了她。那人說完話喝了碗涼茶就走了，我攆上去問他，那個莊叫什麼名。他瞅瞅我，說：沒名，因在崗子上住，人就叫小崗上。這不，我來了。」

「你就斷定那學生是我？你不是沒吃槍子兒！」李小琴恨恨地說。

「哪能，我在門外站了多時，從門縫裡瞅你呢！瞅也瞅不眞。後來，你推門，我往樹後一閃，你臉迎了月亮。那可不是你，清清亮亮的，再錯不了的。」他笑道。

「你找我究竟是爲啥？」李小琴瞪著他。

他慢慢朝她傾下身子，膝頭和手抵在地上，像條大狗似的趴在她跟前，望了她說：「想你啊！我白日裡想，黑天裡想，台上挨鬥時想，台下燒鍋時想。回了家，吃飯時想睡覺時想，下地做活想，聽了電磨轟轟轉也想。」他邊說邊用手撫弄她，摸她的額頭，鼻子，嘴唇，耳朵，頸脖，像在撫弄一隻小貓。

她想躲，卻躲不開。他將她的兩隻胳膊捉住了，用嘴輕輕地咬住她的額頭、鼻子、嘴唇、耳朵、頸脖，就像一隻大貓逮了隻小老鼠，不忙著吃牠，先同牠耍一會兒。她咬牙切齒地罵：「我告訴你聽，街上抓了幾個姦污學生的犯人，正等著重判，最輕也是個緩期執行。」

他卻笑道：「那我可是捨生忘死地來找你不是？」

「你這個挨槍子兒的！」她低聲罵道，卻禁不住用嘴迎住了他的嘴。兩人撲通一聲倒在紅芋片堆上。新鮮的還沒曬乾的紅芋被壓出白色的汁子，沾了他們一身。他們在剎那間脫光了衣裳，赤條條地相望著。望了一會兒，他忽然跳將起來，將她掀翻在芋片堆上，用赤腳重重地踢了她幾下，哭了：「你這妮子害死人啦！你是要我活也活不成，死也死不成啊！」

她也不相讓，還了他好幾腳，也哭了：「你害得我才苦哪！」

兩人一個站著，一個躺著，哀哀地哭，心裡想著：這可怎麼得了，這可怎麼得了啊！然後他蹲下身子，她抬起胳膊去拉他，兩人頓時抱成一團，哭得死去活來。他們邊哭邊撫摸對方，邊哭邊呻吟，在芋片堆上打滾。新鮮的芋片被他們碾碎了，滿屋散發著漿汁的甜味兒。他們渾身沾滿了甜汁，就哭著互相舔著。他們哭得肝都痛了，心裡卻漸漸歡欣起來，激情在他們體內如潮如湧，拍擊著他們的胸膛。他們胸膛起伏，氣喘吁吁，淚水如斷了線的珠子，一串串地落下。他們哭泣著互相埋怨，又哭泣著說些嚇人的情話：

「你是勾魂的狐狸，迷心竅的妖精！」他頭磕著她的頭說。

「你是剪徑的強盜，越貨的土匪！」她抽著他的嘴巴說。

「你是賣蒙汗藥的黑店！」

「你是敲詐勒索的無賴！」

「你這個女賊！」他哭道。

「你這個男盜！」她也哭道。

他們激動不已，在高潮來臨的那一刻嚎啕地大哭，將梁上的燕子驚得四下裡亂飛。

這一夜裡，他們無數次從夢裡哭醒，然後哭著做愛，再又哭著睡去。他們筋疲力盡，又精神勃發，然後，雞就叫了。他們這才驚醒過來，赤身露體地坐在亂糟糟的粉碎的芋片堆上，慌張地面面相覷。屋裡漸漸地發白，出早工的腳步已在村道上響起。窗外崗上的大路，轔轔地走著大車。

「趕緊走吧！」他們一起說道。這時候，門卻拍響了，有人在喊：

「出工了，小李！」

「走不了啦！」他們驚恐地互相望著，她一把將他推起，搡進裡屋，小聲說：「別出聲，躲過這一日，黑天就走。」說罷，又從床肚摸出個破瓦罐，給他作尿盆，便趕忙地穿上衣服，出了屋去，將門反鎖了。

這一日，李小琴慌慌亂亂的，給秫秫間苗，壯的鋤掉，弱的倒留下了。臉色一陣青、一陣白，人還微微地哆嗦。問她是否有病，要有病趁早回去，蒙頭睡一覺，發出一身透汗，許就好了。李小琴差點兒應了，可一想要是裝病，回頭保不住有人來瞧，不如撐過了這一時安寧。就說並沒有什麼病。不過是切芋乾片熬了夜，欠覺了。人們就問她如何打點紅芋的，她一一告訴了，人們又誇她會過日子，像個鄉裡人了。她勉強笑道：勞心明日給說個婆家，就正式扎根了。一時上大家都樂了，說，這才發現小李會開玩笑，還只當她是個老實巴交的孩子哩！她暗暗冷笑。人們紛紛逗她，希望她說出更有趣的話來，她卻又沉默無語了。這一天，日頭走得特別的慢。慢慢、慢慢地朝西挪，李小琴抬頭望了有一百回日頭，心裡焦躁道：這一日是過完過不完了？心裡再急躁，面子上還得和和平平的，免得人們老要問：「有事嗎，小李？」心裡煩得不得了，嘴上還要和和氣氣地應酬：什麼事沒有，好好的。千難萬難，千不易、萬不易，終於熬到日頭西沉，收工了。放學的孩子牽了羊站在崗上，對了大路噢噢地亂叫。她心急火燎卻還得不緊不慢地往家走。開鎖時，她禁不住東張西望的，心跳得鑰匙插不進鎖孔，好一時才開開了。一步邁進去，只見當門掃得乾乾淨淨，紅芋片子全串完了，盤在地上。床上被褥疊得四方四正，他正坐在床邊板凳上，望她笑。窗洞裡透進幾縷夕陽的光芒，將屋裡染得暗紅暗紅的。她的心這才落實下來，吁出長長的一口氣，想說話又不敢出聲，端起黃盆朝他舉了舉，意思是和麵了。他便朝灶門前挪了挪，準備燒火。兩人一個和麵，一個燒鍋，不一會兒，鍋裡水開了，麵也和好了。李小琴捋起袖子，將不稀不稠的大秫秫麵平平地抹在鍋邊，水嗞嗞叫著。窗外小孩還在咳嘍咳嘍地喊。

「喊啥？」他小聲問。

「喊她娘！」她小聲說。

兩人壓住聲笑了。天漸漸地暗了下來，鍋圓氣了，饃還需焐一時，他就讓她坐在自己腿上，對了她耳朵小聲說：「我捨不得走哩，妮子！」

「你不走怎麼得了，漢子！」她伏在他耳邊說。

門縫裡透進最後一線的光芒，金紅金紅，照在他倆身上。他慢慢地解開了她的衣服，然後兩人一併躺倒在灶前的燒草上。麥穰子的小草，夾了幾枝隔年的豆稈，扎痛了他們的背，他們都沒覺著。那一道金光奇妙地在他們赤裸的身體上移動，他們笑嘻嘻地看著，聽見鍋裡的貼餅子噗噗地落在了鍋底。那道金光慢慢地收短，收到最後，只剩一根縫衣針那麼點兒，一跳，沒了。窗外孩子唱著歌離去了。

這一晚，他到底沒有走成。上半夜，她推他走，他說，等等，等等啊！下半夜，他要走，她卻不讓了，抱住他的腿，說：最後的一次，最後最後的一次了！然後，雞就叫了，天就亮了，隊長就挨門挨戶喊出工了。

這一日，李小琴不那麼慌了，她很平靜也很愉快。日頭在天上走得很有節奏，歌唱似的。人們說，小李，來了這幾月，該回家看看了。李小琴就笑著說：收了麥就走。人又說，到時候多多住幾日，她就正色道：再多住也是暫時，招了工正式回去了，才是長久的事情。人們就嘆道，這學生很有眼光，話也說得實在。人們還問，下鄉後割過幾回麥了，她悵然道，已是三個麥收了。割麥割得如何？人們問。她笑了，答道：敢和十分工的勞力比試。人們不信，她也不硬爭，只說到時候瞧。人們倒有些信了。收工後，她並不急著走，反跟幾個姊妹一起去村東頭打槐樹花。到家後，插上門將懷裡的白槐樹花倒在桌面上，也不打雞蛋來炒，就臉對臉，一朵一朵生吃著。苦殷殷的，有一股奇妙的香味。槐花被他們不小心撣落在地上，潔白潔白的一片。兩人說好了，天黑就叫他上路。剛一說好，就都有些不捨，雙雙拉著手，眼睛對著眼睛，慢慢地坐倒在地上的槐花上了。槐花涼涼的，貼在他們背上，心裡便「滋滋」地生長出精力的源泉。他的嘴唇貼了她的嘴唇說：「我渾身的力氣不知往哪裡使啊！」她也嘴唇貼了嘴唇地說：「我精神實在旺得沒法子啊！」他們不由得齊聲說道：「我們成了奸男和奸女了！」槐花的雪白花瓣襯著他們赤條條的身子，他們竟顯得很純潔很美麗的樣子。天黑透黑透，下起了小雨。他們不由欣喜地共同叫道：「天黑路滑，沒法走啦！」

沒法走啦！他們欣喜若狂，蹦著身子，好像兩條調皮的魚在嬉水。時間不再催迫他們，他們便放慢了速度，從容地做著遊戲。他們將燈挑得亮亮的，明晃晃照耀著他們一無掩蔽的身體，身體上每一道紋路和每一個斑點都歷歷可見，就像樹身上的紋理和疤節。他像一棵乾枯蒼勁的槐樹，她則像一株嫩生生的小白楊。他們剎那間變成了精，不再是一個男人和一個女人，燕子在梁上看著他們。就這樣，他們又度過了一個銷魂的夜晚。

太陽第三次在他們的窗前升起來了，昨夜的雨僅僅打濕了地皮，空氣很清新。她走在陽光普照的路上，去給秫秫鋤地。他則留在陰暗的小屋裡，頭枕在胳膊上，眼望著漆黑的屋頂，分分秒秒地等待這漫長的白天結束。太陽透過窗洞裡的亂草，針似的刺傷了他的眼睛。小屋裡又潮又濕又陰冷，他只得裹了半床薄被。虼蚤在床上跳舞。他從門縫裡望見一點點樹影，搖搖晃晃，他想，他成了一個囚犯，要等到天黑才可釋放。那根針似的陽光在屋裡亂跳。他慢慢地喪失了時間的感覺，他把一個上午當作是一整個白天，一個下午又成了一整個夜晚。後來，他乾脆不去考慮什麼是晝，什麼是夜。凡是李小琴在的時候，他都以爲是光明的白天，李小琴不在則是無望的黑夜。他這才安心地在小屋裡沉睡，一聽門響，便睜開了眼睛，心想：天亮了。他迫不及待地將她摟進被子裡，與她做愛。他們漸漸都忘記了時間的意義，只要在一起，便是做愛。他們精力無窮，且又充斥了絕望的心情，每一次都像最後的訣別的一次，於是便加倍盡情，不遺餘力。他們發誓這一晚上定要分手了，可又立即找到了不走的理由。沒有月亮，看不清道路。等到月亮升起，又共同地說那月光太亮，遮不過眾人的眼睛。這一個深夜裡，他夢裡聽見兒子尖聲叫著「爸爸」，陡地一驚，從床上坐起。她問他怎麼了，他說他要回家了。她說怎麼突然就要回家，深更半夜的，讓看場的人以爲是偷莊稼給扣下來，到那時，有十張嘴也說不清啊！他埋了頭，說怕家裡找。她問他那日走出的時候回家是怎麼說的。他說什麼也沒說，就是賣豬的，聽了那人的閒話，扔了拴豬的繩子就跑來了，患了夢遊症似的，賣豬的錢還揣在兜裡呢！她恨恨地說：那你當晚咋不走的！他惱怒道：是我不想走嗎？分明是你不讓！她氣得噎住了，半晌才說道：好，好，你走，你怎麼不走？他嚷著：我現在走得了嗎？要把我當個偷糧食的賊扣下我有一百張嘴也說不清呀！她便冷笑：還是你不想走，要想走，刀山火海都蹚了。他氣急敗壞地說：是你扣我在這裡了，把我像個囚徒似地鎖在黑屋裡，人不像人，倒像個蟲子似的，你卻還反過來嘲笑我。她更冷笑起來：我成了罪魁禍首了。她猛地跳下床，光著身子站在地上，指著他說：

「你現在就給我走！」

他也光了身子跳下床來，說道：「走就走！」

兩個人赤條條地站在黑暗的地上，窗洞裡漏進的月光照著他們，身體反射著微妙的光彩。她朝他逼近一步道：

「走啊！」

他也朝她逼近了一步，說：「走就走。」

她抓起他的衣服就朝他身上亂摔，他接過來就再摔還給她。兩人摔來摔去，不防碰著了對方的身體，便一下子靜了下來。燕子在梁上呢喃，他將她橫抱起來，長嘆一聲，說道：「我走不了哇！」她朝後仰下腦袋，閉起眼睛，驕傲地說：「我量你走不了！」於是，那銷魂的一刻又降臨了。

接下來是一個雨天，莊裡家家戶戶只燒兩次鍋，早睡晚起。他們一整天都躺在床上，或者將涼席鋪在地上。雨在門外沙沙地下著，他們覺得很安全，心裡靜靜的。廣播匣子裡唱著昂揚的歌曲，他們在進行曲的伴奏下做愛。當他們喘息著躺倒在涼席上做一次小憩的時候，忽聽見廣播在播送一條新聞：縣裡開了公審大會，有三個罪犯遭了槍決，罪行均是姦污下鄉的學生。他們的血就像是凝凍了，失去了意識，長久地躺在那裡，一動不動。半晌，她轉過臉望了望他，見他面如死灰，人中收短了一截，露出黑色的牙齦，額上沁出了冷汗。不由得害怕，輕輕推了推他。他睜著眼，慢慢地說道：

「我這是犯的死罪。」

「胡說！」她說道。

「我這是犯的死罪啊！」他瞪著眼直吼起來。

「你胡說！」她也叫了起來。

廣播裡又開始唱一支波瀾壯闊的歌曲，雨沙沙的，一層一層地下。

他閉上眼睛呻吟著：「我去投案，我去自首，求他們饒我一條狗命！」

「窩囊廢！熊樣！」她罵他。

「我是臨死的人，已死到臨頭了。」他的腦袋就像斷了頸脖似的，在枕上滑過來滑過去。

「吉普車來了！銬子來了！槍來了！」她惡毒地嚇唬他。

「我害怕，我怕呀！你別嚇唬我啊！」他哭了起來，鼻涕眼淚流得到處都是。

她就用她的小手做成了手槍的樣子，頂在他的肋骨間。不料他一驚而起，跪在涼席上，搗蒜似地磕起頭來。她惱了，去推他，他卻一頭將她撞翻，自己倒在了她的身上。兩人就像死了似的，一動不動。廣播裡「嘟嘟嘟」地報著時間，他們卻什麼也聽不見了。門外有人踏著泥「嘟嘟」地擹豬，泥被攪得「咯吱咯吱」響，雨下著，天邊很異常地打著悶雷。他們漸漸地甦醒過來，身體的接觸又使他們燃起了希望。他們緩緩地，掙扎地動起手來。他們緊緊地摟著，十個指頭深深陷進對方的肉裡。

「我害怕呀！」他啜泣著說。

「我和你一起去死！」她也啜泣地說。

「我想活啊！」他說。

「我和你一起活。」她說。

他們亢奮起來，緩緩地優美地在涼席上翻滾。他們閉著眼睛，涼席變成了一片茸茸的開著紅花的草地。太陽照著草地，只有一片雲彩下著小雨。地平線上有一條激流，他們向了地平線齊心協力地滾去。那激流閃閃爍爍，光彩奪目。他們感到徹心的快樂，他們幾乎想要歌唱。他們緊緊地追逐激流，奮力向它奔去，最終一同奮不顧身地撲向，頓時沒頂，被驚濤巨浪捲走。當他們睜開眼睛的時候，屋裡已是一片漆黑。

下一天，他是一定要走了。有人在地裡問李小琴，這幾日怎麼黑白的不開門，藏了什麼寶貝？問的人是有名的貧嘴，沒話找話，聽的人卻不由得顫慄起來了。她想著：他們倆可眞夠大膽的。這麼密匝匝的二十來戶居一個小崗，人來人往，哪裡藏得住一個頂天立地的大男人！她又想，要是這一會兒事情敗了出去，莫說他跑不了判刑，就是自己，也壞了名聲，招工上調再沒指望了。她越想越害怕，暗暗罵自己瘋得厲害了。這一日，她幾乎又有點坐立不安。別人同她說話，說好幾回她才聽見，聽見了回答的又是另一回事，反把人家弄糊塗了。傍晚收工，她急急地往家趕，牽羊去吃草的小孩，從她屋前走過時，她正開了鎖推門進去。那孩子無故地伸了一下頭，將她驚出一身汗。閃進門裡，插上門，又找了根棍子頂上。他正躺在床上數屋頂的椽子。她叫起他來，小聲說道：

「你今晚就走。」

他不解地看著她，半天才說：「急什麼？」

「莊上有人問我做什麼連日不開門，要叫知道不得了。」

「有什麼不得了，大不了是個死！」他重又躺倒，朝牆扭過臉去。

她不理會他，自己去和麵擀麵條。

他便加倍逞了性子胡鬧起來：「你個小婊子！我冒死來你這黑牢裡，陪你做耍，你倒攆我走！你八成是怕壞了你招工的事吧！招工算個什麼鳥事，比我的性命還要緊！」

她見他鬧得不像話，就說：「招工這鳥事可眞是回事，我全是爲了它，才和你這臭男人搞到一塊兒！」這話說到她自己的痛處，她麵條也不擀了，坐在案板前落下淚來，又說道：「要不爲招工，我理你個臭男人！哼！開頭的時候，你都不會！」

他臉朝著牆罵著粗話，罵得她都不敢細聽，最後，他罵累了，才說：「反正，我不走了。我跳河，拽你一同下去；我上吊，拉你套一個繩套；我摔死，找你墊背；我槍斃，你陪綁！」

她倒平靜了下來，繼續擀麵，擀完了，就一刀一刀切，說道：「這麼說來，你就更得走了。」

「我要不走呢？」他耍潑了，轉過臉來瞅她，臉上露出調皮的笑容。

「不走剁了你。」她將菜刀往案板上一拍。

「剁！」他伸過脖子來，足有尺半長。

她不理會，自己燒鍋下麵。麵下好了就拉他起來吃。他不肯起來，她便放了他，自己坐在桌邊吃。吃過了，又問了一聲：「吃不吃，不吃就刷鍋了。」他這才磨磨蹭蹭地起來，嘴裡還罵罵咧咧的。到了桌邊，捧起麵碗，眼淚就成串成串落在了碗裡。她鼻子也酸了，說道：「你實在不想走，就再留一晚，明晚萬萬要走了。」他這才抹了淚去，大口大口地吃麵，一氣吃了三大碗，才放下碗。接下來又是一個銷魂動魄的夜晚。每一個夜晚都比上一個夜晚更加銷魂動魄，他們是一個男鬼和一個女鬼，在如何過一個銷魂動魄的夜晚方面，有著無窮無盡的想像力和創造力，精力蓬勃。他們在一方破損的涼席上，可創造出無窮的快樂的體驗。這快樂抵過了一切對生的渴望與對死的畏懼。然而，他們不可分離。他們一旦分離，這所有的創造力便蕩然無存，這創造力是屬於他們兩個人共有的，缺一不可。

然後，他們又度過了一個更勝於上一個的夜晚。

早晨醒來，陽光透過窗洞裡的麥穰照在他們身上，隊長帶了人已出早工，將她的門拍得山響，也沒將他們驚醒。他們睜開眼睛，渾身如同沐浴以後那樣清新，他們互相微笑著，心想，隨他們去出工吧。我們眞快樂！可是快樂很短暫地過去了，他們一同想起，他該走了。她靜靜地望著麥穰裡太陽的光彩，說道：

「不知咋的，我忽然想起一句俗話：世上沒有不散的筵席。」

他靜靜地回答：「經你這麼一說，我也猛地想起一句俗話叫做：閻王要你今日死，你就莫想明日活。」他去枕邊摸菸袋，菸荷包已經空了，就放在了一邊。

「怎麼想起這些話了？」她很奇怪，又很惆悵。

「老輩子人常說的，平時不注意，用時就想起了。」他說。

她警覺地轉過臉，望了望他，他臉色很平靜：

「李小琴，我來了有七日了吧？」他忽然間想起了時間。

「連今天，正七天。」她答道。

他伸手又到脫下的衣服裡掏著，掏出一疊賣豬的錢，抽出兩塊，交到她的手裡：「今天市集，你也別出工了，去集上買點肉菜，送送我。」

李小琴的眼淚一下子掉了下來。她捏了錢，沒說什麼只點了點頭。她向隊裡告了一天假，說要到集上去辦點事，然後就挎了一個竹籃，鎖上門走了。小崗上趕的是一個小集，不過十多里路，一個多小時就到了。她割了斤半肉，買了一條魚，稱了一斤韭菜，還有蛋，買了半斤花生油和一斤白酒。又添了些錢買了一些上好的煙葉，就往回走了。太陽高高地照在頭頂，田裡的黃豆結豆莢了。她走在明晃晃的太陽下，腳底有些飄，心裡恍恍惚惚的，覺著是在作夢。牛車轆轆地走過她的身邊，她心想著：日子過得好快，黃豆都又結豆莢了，一邊腳下急急地趕路。正晌午時，到了家。到家做了點稀飯，吃了昨日剩的涼饃，就開始專心地弄菜。她讓他坐在板凳上擇韭菜，自己切肉、剖魚。一邊弄菜，一邊慢慢地聊天。他告她許多小時候的事，怎麼在大溝裡摸魚，捋榆錢兒上街裡中藥鋪賣。她告他從前有一回沒打票上蚌埠的經歷。說到好笑處，兩人便一起壓低了聲音笑。轉眼間，太陽偏西了，魚肉蛋菜都已整好，她說道：

「燒鍋吧。」

他便將板凳移到灶前，劃了火柴。火舌跳躍著舔著鍋底，她開始倒油、炒菜。等到幾樣菜全弄齊，酒斟在酒盅裡，放學的孩子就趕了羊在崗上對了大路噢噢地喊開了。夕陽照進屋子，紅紅的。他們面對面地坐在案板邊上，舉起酒盅，輕輕碰了碰。

「乾吧?」他說。

「乾。」她說，一仰脖，酒盅見了底。兩人都沒碰菜，停了一會兒，他又舉杯道：

「再乾?」

「乾。」她說。

兩人的臉都紅了，互相說：「吃菜呀!」可是誰也沒有碰菜。菜在桌上冉冉地冒著熱氣。崗下大路上轔轔地走著大車。

「我才高興。」他說。

「我也才高興。」她的聲音哽住了。

他摸摸她的頭，挾起一塊雞蛋，送到她嘴裡。她歪過臉，哽著嗓子說：「你吃我才吃。」

「我吃。」他說。

她將雞蛋吃了，他們這才吃菜。他誇她菜炒得很好，她說是他火燒得好。兩人慢慢地將酒喝了，菜也每樣吃了一半。崗上的孩子唱著歌曲回家了，小羊咩咩地叫著。他們停下了筷子。

他慢慢地站起來，將她也從凳上拉起來，正色說道：

「咱們再有一次，這眞正是最後的一次。完了，我就走。」

她淚眼婆娑地點了點頭。

他將她的眼淚擦擦，然後慢慢地解她的頭髮，再解她的衣服。油燈搖曳著，爆著燈花。

他看著她潔白無瑕的身體，讚嘆道：

「你眞好看，妮子！」

她很驕傲地，眼淚濛濛地笑著。

「這樣好看的身子，怎麼來的呢？我就不明白了，妮子！」

「爹媽給的。」她回答。

他讓她轉過身去，再側過身來。先側左邊，再側右邊，前後左右細細看了一會兒。

「現在看我的了！」他說。慢慢地脫了衣服，露出一根一根的肋骨，兩條又瘦又長的腿，錐子似的扎在地裡。

「你好醜啊！」她無可奈何地說，然後又安慰道：「不中看可中用。」

他笑了，將她抱起來放倒，兩人很長久地吻著，撫摸著，使每一寸身體都無比地活躍起來，精力飽滿，靈敏無比。他們互相摸索著，探尋著，各自都有無窮的祕密和好奇。激情如同潮水一般有節奏地在他們體內激蕩，他們雙方的節奏正好合拍，眞正是天衣無縫。他們從來不會有錯了節拍的時候，他們無須努力與用心，便可到達和諧統一的境界。激情持續得是那樣長久，永不衰退，永遠一浪高過一浪。他們就像兩個從不失手的弄潮兒，盡情盡心地嬉浪。他們從容而不懈，如歌般推向高潮。在那洶湧澎湃的一刹那間，他們開創了一個極樂的世紀。

這是一個繁星滿天的月夜。他經歷了他那生死度外的七個晝夜，跨出這一座土坯茅頂的小屋。他不由地停下腳步抬頭望了望天空，心想：天上的星星眞亮啊！

一九八八年五月十八日一稿
一九八八年六月二日二稿

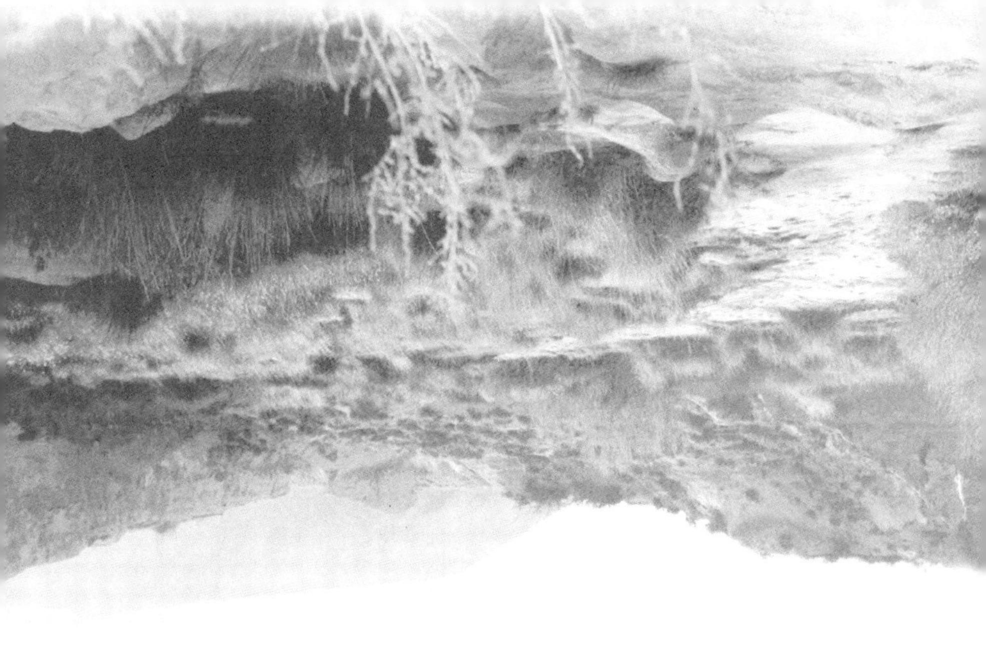

〈大劉莊〉

她輕聲嗚嗚地哭著，眼淚從手指縫裡滴出來，滴在收過秋的地裡。一隻無名的秋蟲在叫，叫得十分單調。風貼著收過秋的地走過來，小草搖了兩下。

她游過來，叫了一聲：「來追我！」她始終在他前面那麼一、二米距離。他伸手過去，她踢起的水花，打在他手上。他只能抓住她踢起的水花。她在笑，聲音很清脆。

第一章

1

早上還好好的。迎春媽在家燒鍋，迎春大在園子裡澆菜，迎春兄弟在家後割豬草，迎春在湖裡鋤黃豆，秫秫在地裡站著，日頭在頭上曬著，小孩子蹲在門口拉巴巴，大花狗等著吃屎，西頭啞巴在塘裡涮衣裳。

晌午也還好好的。地在日頭下咧著口，毛驢在磨房裡推著麵，東頭豁嘴子蹲在樹下喝稀飯。

傍晚就翻了。迎春媽坐在地上罵，迎春兄弟跑到小牛家砸鍋，迎春大用鐵鍬拍迎春，迎春叫他大捆起來了。莊東頭的人擁到迎春家勸架，莊西頭擁到小牛家拉仗，大花狗叫得緊急，劉紹先家的憨子叫人擠倒，踩了好幾腳。

迎春和小牛在湖邊說話，叫她大撞著了。兩人正拉手呢，叫她大一鋤頭給打散了。

「死妮子！我叫你浪去！我叫你給我丟人！我揍死你個死妮子！」她大給了她一鐵鍬。

「你揍，你揍！揍急了，我就跑！」到了這份兒上，迎春也不怕臊了，啞著嗓子吼。

「我叫你跑！我叫你上哪兒跑！」又是一鍬柄。

「我跑他家去！」迎春不管不顧地吼，吼得沒聲了。

她大舉起鐵鍬，劈頭朝她砍去，半路上叫人給劫走了鐵鍬。胳膊也叫拽住了，往後拖。

他掙扎著朝閨女踹了一腳，勉強夠著。

「迎春大，你別累手了，趕緊歇歇。」人們把他往外拖著，一直拖到屋外，拖到正坐在地上罵的迎春娘身邊，把他按倒了。

「我揍死她個臭妮子！」他罵不絕口，和迎春娘的罵聲匯合了。

「管教孩子不能靠揍。」大隊書記也來了，遞給他一支菸捲。

他接過了，這是很大的面子，不能不接。

「要靠說服，你得好好同她說。」書記在迎春大遞過來的火上點著菸。

「我劉紹富家，從沒叫人點過脊梁骨。向來，坐得直，走得正。我爺爺，老輩子人都知道……」

「這事也怪我，」書記作自我批評，「這事兒吧，早已有群眾反映啦。我呢，沒當眞，心想：小牛家成分高；並且呢，小牛比迎春子大六七歲哩；並且呢，你兩家都姓劉，雖說出五服了吧，總還是同宗，……」

「我揍他個婊子養的兔崽子！」迎春大罵。

「我心想，不會吧，我還批評那些說閒話的人哩。」

「我日他奶奶的。」

「其實，別的都不算啥，就是小牛家的成分，總不合適。」

「我說同宗更不合適。」劉延台大爺說。

「這倒沒啥，要這樣算，天下人都是一家，都不能結親了，咋傳代哩？」書記不同意他的看法。

「說起來，也怪你，迎春大。」劉延台大爺蹲下來說，「你該早給迎春子說婆家的。哪有二十一二歲的閨女沒說婆家的？」

「我說叔哎，你冤枉死我了。」迎春大拍著地叫冤，「打去年春上，上門提親的人就沒斷過，丫頭子死不答應呢！」

「她心裡有人了啊！你哪能由著她哩？」

「我上哪知道是這檔子事啊？唉！」迎春大撐著地，一躍而起，朝屋裡跑去，早被人拖住了。

天黑了。迎春家門前黑壓壓的人。遠去十來步，井沿上，悄悄地站著一夥小姊妹，瞅著那邊吵吵，「嗞嗞」地拉著鞋底繩，不說話。

「噝——」小勉子的腳背被誰踩了一下，生疼。低頭一看，是憨子，「你個大憨子，不長眼嗎？」

「嘿嘿。」憨子笑。

「我揍你！」小勉子提起被踩的腳，在褲腿上蹭著。

「我揍你！」憨子學話。

「滾蛋！」小勉子彎下腰，拾起塊小石頭，扔她。

「滾蛋！」憨子抓起一把土，朝小勉子甩過來。

「你理她個憨子幹啥？咱走家吧！」平子拉小勉。

那邊，像是消停了一些，人少了，聲音低了。

月亮升起來了，照得白花花的。塘邊上，啞巴在涮衣裳，棒槌落在石頭上，啪，啪，啪，啪，清清脆脆的響。

「啞巴，又洗衣裳？」小勉大聲問。

「哦，哦。」啞巴叫著，朝她們點頭，很和氣地笑著。

「洗這麼勤，衣裳毀得快啊！」小勉說。

「哦，哦！」啞巴依然點頭，和氣地笑。

她們從塘邊上走過去了。

「啞巴愛乾淨。」小勉說。

「啞巴是上海人呀！」平子說。

「眞是上海人嗎？」平子又問。

「俺老太爺說是呢！日本鬼子來的那年，從上海跑反過來的。」

「那興許是眞的了。」平子說。

「可惜她是個啞巴。」小勉嘆了一口氣。

月光照在啞巴背上，啞巴一下一下地捶著衣裳，腦後的纂兒鬆了，一顫一顫。棒槌聲，傳得很遠。

這天夜裡，四隊的迎春跑了，跑到了七隊的小牛家裡。

2

迎春家堵著小牛家的門，罵了一天。

小牛家的門一天沒開。大人沒下湖做活，小孩沒割豬草，煙囪裡沒冒煙，豬餓得亂拱，嗷嗷叫。

過了一天，門開了。小牛娘趕著那口半大的豬趕頭堡集去了。晌午才來家，挎了一籃子東西：黑燈芯絨，紅毛線，一個花臉盆。她見誰都不吭聲，埋著頭快快地走。

「你看小牛娘喜的，腿腳都俐落了。」小勉拄著鋤子說。

「她能不喜？白拾來個媳婦兒。她家那成分，早不指望使兒媳婦了。」平子說。

「你說，她得對迎春子好，不能像一般老婆婆那樣，可對？」

平子不吱聲。

小勉舉起鋤頭，夠得遠遠的，拉了一鋤子：「我還不知道我老婆婆啥樣兒的呢，我先罵她一聲——婊子養的！」

平子樂。

大志子說小勉：「別說憨話了，叫人聽見了笑話。」

「我不怕！」

大志子不理她了。撂開胳膊，三下兩下鋤到前頭去了。頭天下了場雨，日後又出好太陽，地曬暄了，鋤頭痛快。遠遠地甩過鋤子去，勾著白生生的地皮，一拉，便翻出黑潤潤的土，襯得黃豆秧越發的綠。

日頭火辣辣的，東南風。汗從頭流到腳，從頭到腳，沒有一絲乾布，倒也痛快。

大志子到了地頭，轉過身重開了幾趟。臉朝南，正迎風，風吹在汗淋淋的身上，涼颼颼的。前面大溝邊，走著幾個割豬菜的小孩兒，豁嘴，憨子，背著半箕子菜。

風吹過來幾句話：

「過年二十一了吧？」

「……屬虎的。」

「昨晚黑，鮑莊的人到她家去了……」

她裝沒聽見，一鋤一鋤拉著地，地很暄和。

前邊一溜人全拄著鋤子站著，聽百歲子拉呱。百歲子一拉起來就沒個完：

「……你眼瞅著，還遠，也沒大有動靜。說時遲，那時快，沒等你醒過神來，它就來了。呼啦一下，遮天蓋地地來了，一團白煙。啥都瞅不見，啥都聽不見。鐵路邊的樹，都打顫。睜不開眼，使勁撐開眼，它沒影了，過去幾十里囉！」百歲子瞅見大志子過來，聲音沒響了。

「我日他奶奶的。」劉延台大爺感嘆道。

「外面，人瞅著害怕；裡面，可恣兒啦！不顛不歪，滿滿一杯水擱桌上，一滴都晃不出來。窗戶亮亮的，地油得能照見人影。凳子軟乎乎的，一坐一個窩兒。燈，雪亮，匣子裡又放曲子又放戲。到吃飯的時候，就有人送飯，大米飯，肉，菜。要想吃個炒菜，喝二兩酒，車上有館子。」

「不要錢嗎？」滿意子問。

「少一分錢都買不來。」百歲子說。

「你是在作夢還是咋的?什麼不要錢?土坷垃不要錢?大溝水不要錢?」大家一致譏笑滿意子,滿意子只好不吱聲。

「在城裡,土坷垃都要錢。」百歲子糾正道。

「那有啥好的?請我去也不去。」滿意子受了奚落,朝城裡人撒氣。

「你想的!你有那個命吧?」

「要錢咋的?人家城裡人有工資,每月都開現錢。花了來,來了花,不來不花,不花不來。」

「喂!站著做啥?賣白芋嗎?」遠遠的前邊,隊長喊了。

這才醒過神來,甩開鋤子,趕了幾步。百歲子不歇嘴:

「有一日,咱往火車站拉貨,眼瞅著火車壓死一個人。」

「壓扁了吧?」

「嗨,哪有個人啦!沒人,什麼都沒了。走出一里地,才拾到條胳膊。」危言聳聽,一個個只有嘆息的份兒了:

「咦唏——」

「我日他奶奶的。」

「我日他丈人的!」

「坐裡面可忞兒哩，」百歲子繼續說，「吸袋菸，喝口茶，瞇盹一會兒，就到上海了。」

「到上海了？」大夥兒不知不覺地停了鋤子，站定了。

「到上海了。」百歲子很肯定。

「上海可不近。」

「上海在哪邊？」滿意子問。

「在東邊。」劉延台大爺說。他雙手扶著鋤把，昂起頭，白鬍子翹了起來，「那年跑反，啞巴就是從東邊跑來的。」

「咋知道啞巴一定是從上海來的？」滿意子置疑。

「那一撥人全是從上海跑來的，說著嘰哩呱啦的上海話，打蚌埠上的船，此地街上碼頭下的船，打這裡跑過。跑過去了，留下個小丫頭，不會說話。是存心丟的，還是不存心丟的，誰也不知道。」

「啞巴怪可憐。」

「別看她啞，她大鼻大眼，長得大氣，像大地方的人哩。」

「嗨，往前鋤哇！站著賣白芋哪？」隊長又喊。

日頭從頭頂直曬下來，只留下兩腳陰地。前邊大溝，兩排榆樹，一動不動，有人打那兒過，只看見一只堆得高高的草箕子。

3

正吃晚飯，鮑莊來人了。大志子端起稀飯碗，上鍋屋吃去了。

她吃得很慢，聽著堂屋的動靜：

「他這一提幹，還願意在鄉裡說媳婦嗎？」

「他聽他大他娘的，這是俺鮑莊有名的孝子。他大他娘看中的，他沒得話說。」

「咱就是怕折騰，二十一歲的閨女，不能再耽擱了。」

「他大他娘就是想說個本鄉本土的，有照應哩！他們不就這一個兒嗎？」

大志子慢慢地放下稀飯碗，站起身，往鍋裡舀了一瓢水，往灶裡塡了幾根草，慢慢撥著餘燼，輕輕吹著。

「我這兒呢，給你說句自家話。他大他娘總歸要走的。他眼下提個連長，再好好努把力，弄上個營長、團長的，不就能帶家屬了啊？」

餘燼慢慢濺起火星星，火星星越閃越亮，「噗」的一下，著了。大志子塡進幾根麥穰子，挑著高高的，每一根麥穰都燃盡燒透。細細的火舌舔著黑暗的鍋底，鍋裡的水滋滋地響了。堂屋裡的話聽不清了。

水，滋滋地響，充滿了小小的鍋屋。火舌，沿著麥穰子爬上去，又爬下來，跳到另一根麥穰子上。黃白色的麥穰子叫火舌舔紅，紅得透亮，然後又黑；變成了粉末，碎了下來。

「鍋圓氣了！」平子跨進鍋屋。

大志子一哆嗦，趕緊站起身，找來兩只乾淨碗，舀了兩碗開水，叫她兄弟：

「小龜子！小龜子！鬼孫死哪兒去了！」無奈，只好自己把兩碗水送進了堂屋。轉來時，臉紅紅的。

平子坐在小板凳上，用麥穰子編手鐲。編得細細的，勻勻的，眞像是金子打的。編了一個手鐲，又編一個戒指。

「這丫頭手眞巧。」大志子說，她繼續喝稀飯，稀飯早已涼了。

「迎春在七隊做活兒了。」

「你見她了？」

「見了。她穿了一件紅格格褂子，顯得怪俊哩。」

「她和你說話了？」

「沒。一埋頭走了過去。」平子把編好的戒指套在無名指上。

「一個莊上的，不好意思呢！」

「興許，他們能過好呢！一個莊上的，起小就熟了。」

「在一個莊上，離娘家是近了。不過，婆家要有什麼事，近了倒又不好了。」

「再說，同一個姓，總不好。」

「這倒沒啥，雖說姓一個劉，其實早已岔開十萬八千里了。」

「都說姓劉的是一家哩。」

「要這麼說，天下人都是一家呢。」

「不假。」平子又重新起了一個頭，「好像堂屋那人是鮑莊的？」

「嗯哪！」大志子輕輕應了一聲。

沉默了一會兒，平子輕輕笑了一聲：「鮑文龍小時候，那兩條鼻涕，拖得多長。」

「我一點兒不記得了。」大志子說，臉又紅了。

「那日，咱在南湖割豬菜，鮑莊的小孩兒，搶咱豬菜的，你忘了？」

「忘了。」

「搶不到，急了，就把咱鐮刀藏了起來。你忘了？」

大志子搖搖頭。

「那年，他非要去當兵，他媽哭得滿地滾，俺們都跑到鮑莊去看，你忘了？」

搖頭。

「他跑到帶兵的那裡去，賴著不走，硬是當上了兵，公社廣播站還表揚哩！」

「眞是忘了哩！」大志子輕聲說。

「眞是忘了？」平子不相信地看看她。

「眞忘了。」

平子不再說話，編著麥穰子。她左右手都套上了手鐲子，十個手指上，套了三個戒指，現在正編第四個。

「平子，棗林子那人你見過嗎？」

平子搖搖頭：「沒有。」

「咋不想法子看看吵？」

「不想看，看了又咋的？」

「興許不錯呢！你大你媽都是有眼力的人。」

「他比我小三歲。」

「女大三，抱金磚。像小牛比迎春大上六七歲，成什麼話。」

「我不要抱什麼金磚。他大，該是他疼我，我大，就該是我疼他了。」

「丫頭子眞不害臊，還沒過門子，就疼啊疼的了。」大志子逗平子。

平子笑了一下，笑得像是有點憂鬱。

兩人都不說話了。

「我大說，鋤過黃豆，讓我上頭堡集賣雞蛋，賣雞蛋得的錢，給我扯件短袖褂子。」平子說。

「還是長袖的好啊！」大志子建議。

「長袖的不悶人嗎？」

「捲高高的不一樣涼快？一樣做件褂子，不如做長袖的了。」

「就是，不管咋說，也多兩個袖子。」

「再和你大說去。」

「我試試。」

堂屋門口響起說話聲：

「你慢走。」

「在家吧！別出來了。」

「慢走。」

「你在家。」

「走了？」

「走。」

鮑莊的人走了，走過院子，走下台子，往莊西頭走了，越走越遠，走進黑沉沉的夜色裡。

夜色裡走出來個人，豁嘴子，背著有他兩個人大的草箕子，走過來了。

「豁子眞能苦。」大志子說。

「他也不小囉，十二三歲了吧。」

「轉眼就要說媳婦了。」

「好好兒的人都說不到媳婦，他豁嘴子別想了。」

「百歲子說，城裡有補豁的先生哩！」

「那是城裡。」

豁子走過去了，往莊東頭走了，越走越遠，走進黑沉沉的夜色裡。

4

百歲子天不亮進城，傍黑回莊，帶來個消息。

城裡正打仗哩，一隊叫「萬代紅」，一隊叫「五湖四海」，就差動槍動炮了。如今呢，「萬代紅」占了城，「五湖四海」撤了下來，正往這邊撤呢！由於是打敗的，撤得急，所以一沒帶糧，二沒帶錢，還抬著幾十個受傷的，這一路過來，全憑著搶了。據說，昨兒到了馮井，鬧了個人仰馬翻，生產隊大倉裡留的麥種，都讓劫跑了。

氣氛一下子緊張了起來。

「百歲子，你聽真了嗎？」劉延台大爺的山羊鬍子快戳到百歲子鼻子裡了。

百歲子打了個噴嚏：「街上都在說，我說，夜裡不要出去串門子了，早早地熄了燈，把門槓上。誰叫門都別吭聲。」

「百歲子，政府能不管？這年頭，不是那年頭。」書記也蹲到百歲子邊上來了。

「政府管誰？你知道『萬代紅』是革命派，還是『五湖四海』是革命派？」百歲子反問道。

「這說不準。別看『五湖四海』如今落了草，說不準日後能坐江山呢！」劉延台大爺頻頻點著頭。

「別胡扯了，如今是共產黨的天下，誰想篡權都辦不到。」書記不耐煩了。

『五湖四海』也不是國民黨的，人家胳膊上套著紅布條。也是紅的。」百歲子說。

「反正，你們放心，共產黨在，不會讓那些土匪再來打家劫舍的！」書記站起來，大聲說。

人們正蹲著，蹲在百歲子的前前後後，百歲子坐在板凳上，捲一顆菸。

「百歲子，你究竟聽誰說的呢？」延台大爺刨根問底。

「我說過了，街上都在咋呼……」

「我知道，可是總不會開大會似的，拉個大喇叭正式說。總有個人臉對臉告訴你的啊！」

「嗨，你老咋這麼迂！一過分洪閘，一進城，街頭巷尾都在說，只要有兩個人在說話，你不遠不近地一站，或者一蹲，就聽了。說著，街心還有血呢！幾挑水都沒刷淨。」

「你看見的？」

「聽人說的。我沒得閒往街心去，我有事哩！」

「你上街是爲什麼事？」

百歲子看了延台大爺一眼：「你老問這個做什麼？反正，該說的我都說了。晚上沒事兒少串門，早早槓上門，別點燈，別出聲，沒錯！」

5

天沒黑盡，門都閉上了。

書記說是那麼說，還是派了幾個基幹民兵，守在莊頭莊尾，布上了崗。

姑娘們不笑。

男人們不說。

老娘們不罵仗了。

起初，狗還低低地吠幾聲，後來，連狗也不叫了。

小孩兒張嘴要哭，大人壓低聲音說：

「『五湖四海』來了。」

於是，小孩兒不哭了。

6

大劉莊靜靜的。靜得不像是睡了，倒像是醒著。天晴晴的，沒有一絲兒雲彩。星星眨巴著眼，撒了一天。白生生的月牙兒，彎彎地向西走。遠遠的，在它後面，上來一排三顆星，連著隊，消消停停地往西走。秫秫黑幽幽地站著，頂著露水在拔節，細細聽，刷刷地響。

大路白花花的，一隻螞蚱蹦到了草棵裡。

大路上走過來一個人，背了一捲被窩，被窩上橫了一捲席。他走路腳抬得低，緊擦著地，不時鏟起一塊小石子，小石子給踢到一邊。他低著頭走，走著走著站住了，抹過身來，朝台子上走。走了幾步，又站住，站了一會兒，走了上來，走到門前，打門了。

「誰——」小龜子一聲沒嚷完，叫他姊堵住了嘴。

叩門，輕輕的，卻很堅決。

大志子一家四口，瞪著門，氣都不敢出了。

「大娘，開門啊！」門外在叫。

……

門叩得急了，砰砰的。

「俺都睡了，你上別家去吧！」大志子媽顫顫地說道。

「大娘，快開門啊，我是百歲子！」門外大聲說。

「你說你是誰？」大志子媽提高了嗓門問。

「百歲子！我有話對你說。」

確實是百歲子的聲音。這時候，不曉得他來串什麼門的。趕緊的，大志子點燈，小龜子下槓子。果然是百歲子，見他那裝束，都嚇了一跳。

「你這是要出遠門還是咋的？」

百歲子不吭聲，把被窩捲放下，坐在小板凳上。從懷裡掏出菸捲，遞給大志子大一顆。對著了火，吸了一口，才說話：

「我和一個朋友約好了，上新疆去。」

「新疆？」她大一驚。

「說是新疆城大，好落戶口，混上吃商品糧，比內地容易哩。」

「再吃商品糧，也是離鄉背井。這新疆，離此地總有上千里吧！」

「遠倒不怕。我愍得慌哩。只不過，我放心不下我大，他老人家一個人在家，請你們多照應了。」他瞥了一眼大志子，大志子湊著煤油燈縫東西，頭低低的，一綹頭髮落了下來，遮住了大半個臉。

「這話不用你說，鄉裡鄰裡，誰都會伸手。只不過，你這麼一去幾千里，可要好好思量思量。」

「我是思量過的。我在蚌埠打短工，心裡老想：這些大樓、大馬路、鐵路、火車、汽車，總不會是打盤古開天就有的吧！那麼，這樓裡住的人，街上走的人，火車、汽車裡載著的人，也不會是打盤古開天就在這兒的吧！他們也不都是打土裡走出來的，打泥地裡走上水泥地的，石頭縫裡蹦不出個人。他們是打泥地裡走上街的。劉莊，咱大劉莊，總得有個人先走出去吵！」

大志子停住手，抬起臉，臉被燈映得發紅。

「你是讀過書的人，想的就是比人多。只不過，這些想頭弄不巧反會累了你。」她大沉思著說。

「聽說，上海，街名起的全是地方名，唐山路啦！河南路啦！蕪湖路啦！興許是哪地方的人去了，開出一條街，就起哪地方的名了。」百歲子一隻手托著下巴，微微昂起臉。

一屋子的人都看著他，不作聲。過了半晌，她大說：

「百歲子，你讀的書累著你了。」

「我走了。」他把手裡的菸扔到地上，踩滅了。然後站起了身，回身提被窩捲，正面對著大志子。他頓了一下，又說：

「大志子，你打小就心眼兒好。我大要是渴了，你舀瓢水給他。」

大志子臉很紅，眼睛裡水汪汪的。怔了一會兒，小聲說：「這話不用你說。」

「那，我走了。」百歲子一提被窩捲，挎上了肩，拉開了門。

「我說……」大志子又冒了一句。

百歲子站住了腳。

「你要覺著不如意了，再回來。」

百歲子的肩膀像是動了一下，頭也不回地走了。

門吱呀一聲，開了，又閉上了。

白花花的月亮，白花花的路，一塊小石子踢到一邊，滾下了溝。

第二章

7

「嘩——嘩，嘩——」

自來水龍頭大大地擰開了，水像是從他腦袋上澆下來，衝擊著他的夢——

他在游泳池游泳，路小紅游著自由泳在他前邊。她穿著一件花游泳衣，一個圈套著一個圈，像是一堆彩色的泡沫。他追著，越追越近，她踢起的水花劈頭蓋臉地澆在他臉上。然後又下起雨來，雨很大，嘩嘩的。雨點越來越密，越來越緊，變成「刷刷刷」的聲音，充滿了天地之間。

竹刷子在馬桶裡面「刷刷」地掃。

他醒了，睜著眼睛想了一會兒那夢，那夢忘得一乾二淨，什麼也沒剩下，只有那「刷刷」的聲音充斥著空間。

他起來，從鐵絲上扯下毛巾，搭在肩上，往牙刷上擠上牙膏，拿著搪瓷杯，出門了。離門口兩步，他的窗下就是水管子。

「這裡是三十九支弄嗎？」一個陌生人問。

「是的呀。」隔壁阿娘回答，她正在揀雞毛菜。

「這裡是三號嗎？」他又問。

「是這個門。」阿娘回答，又轉過臉說，「阿君，找你們家。」

丁少君側過臉看看那人，繼續刷牙。

「這裡有一個丁信昭嗎？」

「找你爹爹，阿君。」阿娘對丁少君說。

丁少君漱了一大口水，抬起頭：「你進去好了，他在家。」然後洗臉。洗過臉進屋去。桌上放著油條和泡飯，幾只吃過的碗和一只乾淨碗。他拿起乾淨碗，盛了一碗冷泡飯，開始吃早飯。

爹爹和來人坐在藤高椅上說話：

「我們兩家很早就不來往了，聽我父親說，好像是爲產業的事，弄得不開心了。」

「請你講得具體些。」

「太具體的我也說不上了。好像是，我姑母出嫁時，我阿奶給了很多陪嫁，大概值八十萬兩銀子。但是後來，家裡就有點敗落。我阿爺歡喜逛窯子，不會理財，揮金如土。結果到了我父親手裡，就只剩沒有多少家底了。總之……我也搞不清楚。」

「你們連消息都不通了嗎？」

「由別人傳來，總還曉得一些。抗日戰爭的時候，我聽我母親講，我表哥曾經在南京路上，開了一爿診所。就是現在上海圖書館對面，有一爿郵局，曉得哦？當年不是郵局，是一爿銀行，叫什麼『客寧』，他的診所就開在銀行樓上。那塊地段很亂，周圍都是什麼美容院，按摩院。」

「你去過那診所？」

「沒有。這種地方，大人是不許我們去的。」

「那診所開了有幾年？」

「沒幾年就關了，我表哥出門做生意去了。」

「去什麼地方？你曉得吧？」那人往本子上寫了幾個字。

「好像是西安，又好像是重慶，吃不準了。」

「同路的有什麼人？」

「這就不曉得了。」

「他沿路遇到些什麼人？」

「不曉得。」

「生意做成功了嗎？」

「做成功了。聽說，他帶去的是兩箱玻璃絲襪，帶回來的是兩箱鈔票。」
「當時的時局很亂，他能平安地來回，又做成生意。你不曉得有些奇怪嗎？」這人顯然是在誘供。
「是有些奇怪。不過，我表阿哥人很活絡，『四海』得很。」
丁少君吃了兩碗泡飯，收拾了桌子，把髒碗拿出去洗了。那人也前後腳跟出來，走了。父親送到門口，站在那兒搧扇子。對面兩號門口，樹下搭著鋪板，阿四頭還在睡覺，一隻蟬在他頭上叫。
「客人走啦？」阿四頭姆媽問。
「不算什麼客人，來外調的。」父親回答。
丁少君端著洗好的碗，從父親身邊擦進門去。
「阿君，你今天去不去學堂？」
「可以去，也可以不去。有什麼事嗎？」
「假如去的話，你彎一彎，幫我把工資領來，再把這張病假單送去。」
「那我去一趟好了。」
「假如你去學堂就彎一彎，要不去就算了。」父親客氣著。
「我可以去，把圖章給我吧！」

丁少君穿上襯衫，套上長褲，然後，推出父親的自行車。

「阿君穿得這麼清爽，到啥地方去?」五號裡的小妹說。

「和女朋友碰頭去。」丁少君說。

「赤佬!」小妹格格地笑。

他上了車，車子平穩地壓過石子路，沿著石子路曲折著。到了頭，轉彎，進了大弄堂。出了大弄堂，上了馬路。

學校裡只有寥寥幾個人，情況並無發展，連傳說也是一如既往：六六、六七兩屆的分配方案——有工、有農，農裡又分上海農場和外地農村，簡稱爲上農和外農。等等。

他略微站了站，走了。在校門口遇到了路小紅和陳志浩，又下車。

「學校裡沒有人，也沒有什麼消息。」他告訴他們。

「是這樣啊，」路小紅說，「那麼就回家吧!」

「既然都到了門口，爲什麼不進去看看?」陳志浩說。

「學校裡確實沒什麼人，也沒什麼事。」路小紅猶豫著。

「那你們先走，我進去看看。」陳志浩說著就要走。

路小紅決定了：「既然來了，就去看看吧。丁少君，你先走好了。」

「好，再會。」丁少君上了車，走了，沒有回頭。他忽然想起了他早上作的那個夢，心裡湧上一股說不出的滋味兒。他猛一蹬腳，車子朝前滑行了好遠。

安定公寓前，搭著宣傳台，有一支小分隊在演出。他停下車子看了一會兒。一群女生在跳舞，跳的是〈抬頭望見北斗星〉。那左起第三個女生長得很豐滿，一件單軍衣裹著她，胸脯高高的，脖子根和鎖骨之間，有一個隱隱約約的凹坑，裡面長了一顆黑痣。他盯著那顆黑痣出了神。

他推起車子，往宣傳台前擠過去，想挨近一點看。不料那女生已完了事，跳下台走了。正朝他走過來，從他身邊擦過去，一團熱氣撲在他臉上。他聞到一股似甜似酸的汗味兒。渾身的血都湧到了臉上，心跳了。他看著她。

她安閒地走過去，走到茶水桶旁邊，喝水。微微昂起了頭，那脖子根和鎖骨間的凹坑平坦了，而後又隱顯了出來，裡面有一顆黑痣。她又走了回來，走過他身邊時，他朝前邁了半步，擠住了她。她從他胸脯前擠了過去，他臉上的血忽地退了下去，渾身冰涼，打了個哆嗦。

他推起自行車，走了。

8

丁少君剛離開安定公寓門口，陳志浩就回來了。

他繞過安定公寓，走到後面的汽車間前，摸出鑰匙開開門，屋裡很暗，很陰涼，水門汀地上沁出潮濕的涼氣。他對著水門汀地端詳了一會，然後脫去襯衫，換了塑料拖鞋，放了一池水，開始拖地。水罩在地上，地面顯得光潔勻淨了。

「弟弟，你拖得太勤了。」姆媽回來了，拎了一包開司米，「這汽車間曬不到太陽，這樣拖法，更加潮濕了。」

「看上去很齷齪。」陳志浩說。

「水門汀地就是這樣，拖也是沒有用的。」

「拖總比不拖好吧！」

地，漸漸乾了，呈現出一塊深一塊淺的顏色，那光潔勻淨最終還是失去了。和不拖以前確沒什麼大兩樣。不過，心情總覺得是安慰了一些。陳志浩輕輕嘆了口氣，放去了水，洗淨了拖把。

「弟弟，中午，爸爸和姊姊不回來，我們就吃泡飯好嗎？」姆媽說，她坐在小椅子上，開始做活兒了。一只粉紅色的鉤針，靈活地挑著鵝黃色的開司米，一眨眼就出現了一排花樣。

「我正想吃泡飯呢，天這麼熱。」陳志浩拿了一本書，也拖了把小椅子。不小心，小椅子在大櫥上磕了一下。

「當心，弟弟。」姆媽囑咐了一聲。

「還好，沒有碰壞。」陳志浩仔細看了看大櫥。

「這口大櫥比你姊姊年紀還要大呢！現在再也看不到這種家具了。」

「我覺得這口櫥太大了，占地方太多。」

「這口櫥在那套家具裡，已經算是小的了。那是我們住在老房子裡的原配家具。那房子大到什麼程度，講起來你不相信，我從來沒有走遍過。家具都是頂天立地的，根本搬不出來。」鵝黃色的開司米開始呈現出一頂小人風雪帽的雛形。

「這幢房子現在做什麼呢？」

「前幾年我還走過那裡一回。還是住人，住了二十七家房客。有一家人家住的房子，其實是狗棚。」

「我們那時爲什麼要搬出來呢？」

「那年，你阿爸生意不大順當，銀根緊，要節約開銷呀！節約開銷最重要的就是房子。」

「哦。」陳志浩不再說話，低下頭看書，看的是一本英文版《毛主席語錄》。

「弟弟。」

「嗯?」

「分配有消息了嗎?」

「沒有。」

門外鑼鼓驟起,震天震地,又是一支小分隊登台演出。

門推開了,進來了安定公寓的老鄰居,二樓阿婆:

「弟弟在家啊,沒有去學堂?」

「進來坐,阿婆。學堂裡也沒什麼事。」姆媽招呼她,沒有停下手裡的活兒。陳志浩站起來把自己的小椅子讓給她,走到一邊去坐在方凳上。

「今天調了活做了?」阿婆拾起一只鉤好的風雪帽看看。

「馬夾做完了,做帽子了。」

「這汽車間潮氣忒重,要當心,弄不好要生風濕的。」阿婆環視著房間說。

「是的呀!也不去管它了,只要大人小孩太平,住隨便什麼地方都可以。」

「也難爲你們。老實講,這種地方哪能住人呢?不是住人的地方嘛!」

姆媽淡淡一笑:「其實並沒什麼。我們什麼樣的地方都住過,好到花園洋房,壞到草棚棚。」

「想穿了，是這樣的。六十年風水輪流轉，有好也有壞，有壞終有好。」

「是哦？」

「搬進你們房間裡的那兩家蘇北人，實在是邋遢。天熱，他們一天到晚敞開了門，一家老小穿著短褲跑來跑去。打蠟地板就用水拖，真作孽！」

「那怎麼可以？人家房管處每季度要來打蠟的呀？」

「他們怎麼會懂？從來沒住過打蠟地板，嘖嘖！」

「姆媽，好燒飯了吧？」陳志浩忽然說，他很不耐煩聽她們的談話。

「不是說好，就吃泡飯嗎？」姆媽提醒他說，沒有接受暗示。

「就吃泡飯啊？」阿婆詫異了。

「天氣熱，不想弄也不想吃。隨便吃點。」

「弄點小菜是煩死人。每天晚上我都是在想第二天的小菜，吃什麼呢？今天，買了點茭白，炒炒肉絲，買了點番茄，燒點蛋湯，炒點茄子，黃瓜拌拌，馬馬虎虎吃點算了。」

「是的呀！」

「燒好飯，又燒了一大鍋綠豆湯，放點薄荷，冷在那裡，讓他們當茶吃。天太熱，弄不好要發痧的。」

「是的呀！」姆媽附和著。這回，連她也有些不耐煩了。

「好了，你們忙，我走了。」阿婆站起了身，走了。

「來玩噢！」姆媽客氣地說，仍然沒站起來，手裡忙著鉤帽子。

陳志浩走過來，把門關上。

「這個人不大識相。」

「他們這種人家，就是這樣。」姆媽寬容地說。

「我直到如今也弄不清楚，他們家究竟是幹什麼的。」

「阿爺是安定公寓看門的。解放前夕，安定公寓的老闆跑到香港去了，留下他看房子。最早的時候，他們是住在一樓門口，現在毛毛家住的那套房子裡。」

「噢。」

「弟弟，你把泡飯熱熱，吃飯吧！」

「好的。吃過飯我還要出去呢。」陳志浩把泡飯熱在煤氣灶上，然後揩桌子，拿碗筷，端出一碟豆腐乳和一碟玫瑰大頭菜，還有小半碗雪裡蕻炒肉絲。

「吃過飯你到哪裡去？」

「都都姊姊送給我兩張游泳票。」

「你要給人家票錢。」

「都都姊姊是自己人。無所謂。」

「雖然是表姊姊，錢是要算清楚的。我們再困難，這兩張票錢還是付得出的。」

「好的，下次見面我還她。」

「你和誰一起去？」

「隨便和誰一起去。」

小分隊撤走了，蟬鳴成一片。

9

陳志浩準備去邀路小紅。

路小紅家住在一爿碗店樓上，窗口正對著馬路，陳志浩就站在人行道上喊：

「路小紅——」

路小紅從窗口伸出頭來，伸出一個手指放在嘴邊，「噓」了一聲，然後又縮了回去。一分鐘以後，她站在他對面了。

「游泳，去不去？」

「什麼時候？」路小紅垂下眼睛，看看他手中的票子。

「就是現在。」

「幾張票？」

「就兩張。」他把兩張票展開後又疊上。

「就兩張啊！」她很遺憾。

「就是呀！假如再有一張，就可以叫丁少君一起去了。」他也表示遺憾。

「要麼，你和丁少君一起去吧。」她抬起了眼睛。

他不響，一時上不曉得回答什麼才好。停了一刻才說：「現在去叫他來不及了，也不曉得他在不在家。」

「來是來得及的，就是不曉得他在不在家。」

「浪費了蠻可惜的。」他說。

「是啊，浪費了蠻可惜的。」她說。

蟬在他們頭上叫，正午的陽光透過樹蔭，在他們臉上身上印下無數個斑點。

「天很熱。」她說。

「天很熱。」他說。

蟬在叫。一陣風吹來，耀眼的光斑晃了起來。

「挺涼快的。」他說。

「挺涼快的。」她說。

「去吧！」他鼓起勇氣動員道。

她猶豫著，然後輕輕說：「好吧，你先走在前邊等我。」

然後，她上樓去了。

他先走，走到十字路口，站在紅綠燈下。

過了一會兒，她來了，手裡提著一只綠色玻璃絲編的包。他們一起走。

游泳池裡人很多，淺水區裡，像插蠟燭似的，擠擠地插了許多人。他們去深水區游。

她從他面前游過去，活潑得像一條魚。他想起她曾經獲得過市中學生自由泳的亞軍。

她像一條魚，又像是一堆彩色的泡沫在碧藍的水中漂了過去。她的游泳衣很奇怪，暗淡的底色上，一個圈套著一個圈，一到水裡卻意外地鮮麗起來了。她游過來，叫了一聲：

「來追我！」

他一蹬池壁，忘乎所以地朝她游去，她始終在他前面那麼一二米距離。他伸過手去，她踢起的水花，打在他手上。他只能抓住她踢起的水花。

她在笑，聲音很清脆。

他大大地伸展開四肢，不料碰了一個人，招來一聲罵：「眼睛瞎了嗎？」

他仍然伸展著四肢，碧藍的水溫和地滑過他的身軀，推著他而又阻著他。他試著在水裡睜了一下眼睛。底下是雪白的瓷磚，碧藍碧藍的水，他心裡一片空明，明淨極了。他抬頭換氣，一捧清涼的水潑在他臉上，他喝了一口水，一股強烈的漂白粉氣味讓他嗆了一下。他站了起來，正和路小紅站了個對面。她笑著，露出潔白的牙齒。黑黝黝的胳膊張開著，拂在水面上，又朝他撩起一撥水。他笑了，也撩起水潑她。水在她黝黑的額頭上碰碎了，滑了下來，留下一些水珠掛在她的臉上，睫毛上，黃色游泳帽下露出的一綹頭髮上。她又給了他一捧水，正好潑進他張大在笑的嘴裡，一股漂白粉味兒湧進了口腔。他告饒了，往池邊退去。她踩著水跟過去。兩個人靠著池邊了，一起往池邊的溝裡吐水：

「一股漂白粉味兒！」他說。

「到河裡游泳就不會是這種味兒了。」她說。

「我從來沒在河裡游過泳。」

「那年我到阿奶家去過暑假，阿奶家在鄉下，那裡有個水庫，我們每天去游。」

「水乾淨嗎？」

「乾淨。直接從天上下的雨，聚起來的。」

「哦，天上下的雨。」

「游泳回來，就到瓜地裡偷瓜吃。」

「爲什麼要偷？」

「偷好玩呀！」

「嘿！」他笑。

「那裡的瓜果蔬菜可鮮了。從後園摘下的菜，直接就下了鍋，阿奶說：『菜的魂靈還沒走呢！』」她神往地說。

喇叭裡在報時間了，通知他們時間到了，於是他們上岸。他拉了她一把，她的手細長而結實。

他先換好衣服，在門口等她。過了一會兒，她出來了，拿著把綠色的梳子在梳披在肩上的頭髮。

他們一起點眼藥水，然後一起走了。

「蠻好玩的。」她說。

「游過泳很舒服。」他說。

「哦，我還沒給你票錢呢！」她從口袋裡掏出一只綠色的塑料皮夾子，拉開拉鏈。

「不要，不要。」他急了。

「怎麼可以不給錢呢？」

「真的不要。這票是人家送的，不要錢的。」

「不要瞎講。」

「真的，是不要錢的，人家送的。」

「眞的？」她看著他。

「眞的。」他看著她。

「那麼，謝謝你。」

「不要謝的。」

像是完成了一個儀式，兩人都輕鬆了下來。

「分配方案不曉得什麼時候下來噢？」他問。

「反正，我做好思想準備，去黃山茶林場。」在傳說中，黃山茶林場是最差的去處了。

「爲什麼這樣沒信心？」

「我們家成分不好呀！」

「你們家是小業主，我們是資產，比你們家更不好呢。」他安慰她。

她不響，忽然嘆了一口氣：「你們資產總算還享過幾天福。像我們家吧，眞的，沒過過富裕日子。聽我大伯伯講，我爺爺太不懂政治了，一點不領世面。他開這爿碗店的時候，馬上就要解放了。好多人勸他打消這個念頭。他不聽。他說他熬了幾十年，就爲了開一爿自己的店，硬要開。開了沒多久，公私合營，白白辛苦了一場。」

「現在橫豎都一樣，也不必懊惱了。」

「而且，我還有弟弟呢！我走了，弟弟就可以留上海了。」

「你姆媽這樣說過嗎？」他小心地問，他曉得她姆媽是後媽。

「她沒說過，她從來不說，是我自己這麼想。」

「那你不必這麼想。」

「我也是爲了報答我姆媽，她從來沒有虧待過我。」

陳志浩不響了，過了一會兒，他輕輕地問：「你姆媽是生什麼病死的？」

「我根本不相信我姆媽死了。」路小紅斷然說。

「那麼——」陳志浩很吃驚。

「不曉得爲什麼，我腦子裡總有個印象，好像我姆媽還活著。我腦子裡，一點沒有姆媽死的印象，她是突然不見了。有一天，去上班，推開門走了，就再也沒有回來。而且，好像，我還應該有個姊姊。在我的印象中，我曾經有個姊姊。」

「那時候你幾歲？」

「算起來，是兩歲。」

「兩歲是記不住事的。」

「也許是記不住事，可我有印象，姆媽推開門走了，拎著一只包，去上班。」

「那是你的想像。」

「不不，想像和印象完全是兩回事。」

10

一隻蟬在他頭上鳴，蟬鳴聲充滿了他的頭腦，他頭腦裡充滿了蟬的聒噪。他以爲自己在一個樹林子裡。林子裡有各種各樣的鳥在叫，卻叫出了一種聲音。他想看看那鳥，卻睜不開眼睛。漸漸的，鳥叫出了兩樣的聲音，一種古怪的聲音，像是說話：

「……聽我父親講，我姑夫出身很貧寒，他是在教堂裡做花匠。但人很聰明。結果有兩個美國傳教士看中了他，讓他在教會學校免費讀書。」

「哪個教會學校，你知道嗎？」

「那就不知道了。」

「好，你說下去。」

「後來，他被送到美國學西醫。然後回國，在聖約翰大學醫學院教書。這時候，有人介紹他給我阿奶看病。他是我阿奶看中的，別人就不好說話了。阿奶給了我姑母八十萬兩銀子的陪嫁。」

他醒了，躺在床上，靜靜地聽著來人和父親談話。床頭窗外，有人在水管子底下洗衣服，衣服在搓板上「咕嗞咕嗞」清脆地響著，和著輕輕的歌聲：

「抬頭望見北斗星，心中想念毛澤東……」是小妹。

「於是，我姑夫搖身一變成了富翁，後來當了紅十字會醫院院長。官場上也吃得開，和清朝王室的官員也有交往。總之，從此就發了起來。」

「哦，是這樣。」那人往本子裡記著。

「不過，我姑媽姑夫的一份家業，在我表哥手裡，也蕭條了。」

……

「阿君。」小妹在窗口叫。

丁少君懶洋洋地爬起來，拎了條毛巾走出去：

「做啥？」

「借我腳盆用用好嗎？」

「你用好了。」丁少君踢踢靠在門口的腳盆，然後走到水池子前洗臉。

「你下半天沒有出去啊？」小妹問。

「沒有。」

「你們房間裡的客人啥地方來的？」

「誰曉得，總歸是來外調的。」

「到你家來外調的人怎麼這麼多？」

「誰曉得！」

「你爹爹要煩死了。」

「我看他一點不煩，講得很起勁，像在講家史。」

小妹格格地笑，像是很欣賞他的幽默，還用濕淋淋的手在他背上推了一下。然後又正色說：「聽我阿爺講，你們家以前是有錢人家。」

「我不曉得。我只曉得，我們家現在和你們家一道住棚戶區。」

小妹又笑，抬起手又要推他，被他握住了手腕。手腕圓圓的，軟軟的。他握著，她掙扎著。糾纏了一會兒，他鬆開了，她抽回了手，兩人都沒有說話，有點臉紅。他進屋了。

「……聽我們老家看墳人翁伯說過姑夫大殮時的情景。那年，翁伯只有十六歲，也參加了抬棺。姑夫死以前，囑咐要造兩個墓穴。下葬的時候，我姑媽哭死哭活不讓合穴。最後，她把自己的一件繡花衣扔進了另一個墓穴。回去不久，就自殺了。講起來也有點迷信……」父親講得很入神。

「你姑夫姑母去世之後，孩子怎麼生活呢？」聽的人也很入神，提問似乎已超出外調的範圍。

「姑夫遺囑上指定一個教友監管財產，是個老小姐。反正，她吃掉不少。到了孩子十六歲以後，就可以自己提取鈔票了。三個表哥，老大、老二歡喜賭。他兩個哥哥還從他名下領錢，後來他大了，和哥哥們吵起來。最後達成一個協議，就是送他去日本學醫，這才了結。他學醫回來，就在『客寧』銀行樓上開診所了。」

「噢。」

「等一歇歇。阿君，你出去看看，有啤酒賣哦？」父親對丁少君說。

「不曉得有沒有呢。」

「假如你沒有什麼事情，就比如逛馬路，逛過去看看。假如有事情就算了。」

「我沒有什麼事情。」

「哎，把空瓶帶著，假如有，就不必再跑一趟了。」

丁少君又回過身來拿啤酒瓶。走出門去，小妹正在晾衣服，襯衫的領口敞開著，他看見她脖子根和鎖骨之間有一個柔和的窩，隨著她舉手垂胳膊而時隱時現。他從她身後走過去，她裝作沒看見他。

並沒有啤酒賣。遠遠看過去，就沒有什麼氣氛，冷冷清清的。要有的話，早排起隊了。他又提著啤酒瓶回來。小妹晾好了衣服，坐在自家門口剝毛豆，頭低著。他走過來，她忽然抬起頭，說：

「買啤酒啊？」她的臉微微有些紅。

「沒有啤酒賣。」他回答說。

「天氣很熱噢？」

「很熱。」他走了過去，莫名其妙的有點心跳。

外調的人迎面走出，朝他點點頭。父親站在門口目送，搖著扇子。

「啤酒沒有？」

「影子都沒有。」

「哎呀。」

「那人走了？」

「走了。」

「要不是這些人來外調，我還不曉得我們家還有親眷呢。」

「唉，我和你講，世態炎涼，我算是看得最透徹的了。」父親搖著扇子進了屋。

「我們家最早到底是份什麼人家？」丁少君問。

「你老太太在的時候，家裡最發跡了。十六鋪丁家，赫赫有名。」

「做什麼生意的？」

「十六鋪江面的糞船，全歸丁家。」

「後來呢？」

「後來，唉，」父親嘆了一口氣，「說起來，你爺爺是個敗家子。」

「怎麼敗法?」丁少君關心地問，他在藤高椅上坐下。

「說起來話就長了，」父親在另一把藤高椅上坐下，點了一支菸，「你老太太留給你爺爺的產業，大都是地皮。你爺爺先是賭，逛窯子，把地皮都賣得差不多了。突然之間有一天，他睡夢頭裡起來，想到要重整家業了。他動了個念頭，把丁家祠堂拆光，三十畝地的祖墳遷掉。其中有一對墳就是你老爺爺老太太的。講起來又是迷信了，後來的一切興許都是報應哪!他把你老爺爺老太太的骨頭積在一只甏裡，拿到荒地埋掉了。隨後就破土動工，造丁氏公寓，眞正是極盡豪華之能事。

「造到四層樓光景，沒有鈔票了。只好向一家外國銀行貸款，條件是三年中償還。否則，拿公寓抵押。那家外國銀行極其陰險。等到公寓造到最高層，要封頂的時候，突然停止貸款。隨後又簽訂第二個合同，條件更加苛刻。就是講，要我父親在公寓對面再造四幢小洋房。這就必須得到更大的貸款。如果還不出，全部抵押。一年以後，公寓造好了，小洋房動工了。但是這幢公寓造在一片爛泥污漿之中，沒有馬路，沒有交通。兩三年當中，一套也租不出去。結果，統統抵押。」

「當時，爺爺怎麼沒考慮到交通和地段的問題呢?」

「他是胡搞，作夢!等到統統抵押出去了，他才醒轉來，醒過來就跳樓尋死了。」

「丁氏公寓還在嗎?」他問。

「就是現在的安定公寓嘛！」父親說。

11

安定公寓門前，意外地冷清，沒有小分隊演出。木板搭的宣傳台，落寞地站在下午四點鐘的陽光下。

丁少君抬頭看看，大樓靜靜地立在陽光裡。牆，灰不溜秋的，呈出一種黃褐色，爬著深深淺淺的水跡。

他走到安定公寓後邊，汽車間前，敲了門：

「陳志浩！」

陳志浩開出門來：「丁少君啊？進來。」

「沒有出去？」

「沒有。沒有什麼地方可去的。」他拉過小椅子讓丁少君坐下，自己也坐了下來。

「分配還是沒有消息？」丁少君問。

「反正，我做好最壞打算：黃山茶林場。」陳志浩說。

「我也這麼準備著。」

「你應該樂觀些，你家的成分比我好。」陳志浩好心好意地說。

丁少君並不高興：「也不見得。再說我哥哥姊姊都在上海，這對我很不利。」

「我也有哥哥姊姊在上海呀！」陳志浩站起來，拿過兩把扇子，遞一把給丁少君，自己搧一把。

丁少君打量著房間。

陳志浩抱歉似地說：「這水門汀地，永生永世也拖不乾淨了。其實我每天要拖兩遍，沒有用。」

丁少君看看水門汀地，沒說什麼。然後問：

「你爸爸姆媽呢？」

「爸爸上班，姆媽到娘舅家去了。」

「你下午不出去啊？」他又問。

「沒什麼地方可以去。」

「也沒有什麼事情可以做做？」

「沒有什麼事情。」

「你在看英文？」

「《毛主席語錄》。」

「我的英文差不多全部還給老師了。」

「其實並沒有什麼用。我只不過沒有事情做，看看玩玩。」

「是呀，實在沒有什麼事情。」

「沒有什麼事情。」

兩人搧著扇子，呼，呼，呼，把蟬鳴搧斷了。

「到路小紅家去玩玩吧。」陳志浩提議。

「到路小紅家去？」

「反正沒什麼事。」

「也好。」

兩人出來了，丁少君騎自行車，陳志浩坐在後面車架上。騎一段，遇到崗亭就下來走一段。

路小紅在家，但她沒請他們上樓。他們三個人就站在碗店門口聊天。

「上午我到學校去。」路小紅說，她手裡玩著一根綠色的玻璃絲，「碰到李莎，她和一個工宣隊員在瘋。哎喲，拍拍打打的，簡直看不下去。」

「哪個工宣隊員？」丁少君問，他看著路小紅高高光潔的額頭，心裡很平靜。

「就是那個高高的，寬寬的，年紀蠻輕的——」路小紅伸開手指比畫著，綠色的玻璃絲繞在結實而細長的手指上，像藤一樣。

「哦，是胡師傅吧。」陳志浩說。

「不對，是謝師傅。」丁少君糾正。

「喏，就是有一次，在教室裡聽廣播，袁明娟趴在桌上睡覺。他走進來，一拍她的桌子，說：——」路小紅笑了起來，可還是堅持著說完了，「他說：『要睡和我一起去睡！』」

他們都笑了：

「哦，就是謝師傅。」

「是謝師傅。」陳志浩承認了，「其實，他並不是那個意思。」

「是的，其實他的意思是——反正不是那個意思。」路小紅還是笑，露出潔白的牙齒。挺噁心的事，被她一笑，就變得不那麼噁心了，只不過有點滑稽。

他們也笑。

太陽歪西了，街上人多了起來，自行車叮叮噹噹。他們盡力靠邊站，站到了碗店的櫥窗跟前。

「人家說，李莎這次分配肯定是留在上海工礦了。」路小紅說，用牙齒咬著綠色的玻璃絲，像是在咬一根嫩嫩的青草。

「我無所謂。」陳志浩說。

「我也無所謂。」丁少君說。

人，熙攘起來，他們三個人不得不靠得更攏了。

路小紅抬起眼睛看著碗店的招牌。

招牌上寫著「培豐碗店」。

「我爺爺叫路庭豐。」路小紅說。

「哦。」陳志浩抬頭看招牌。

丁少君沒有看，他十分驚異路小紅的眼睛怎麼會這麼清澈。他心裡很平靜。

12

這天，分配方案宣布了。

第三章

13

平子家來親戚了，從東邊棗林子來的。一個是她三姨，另一個是她三姨莊上的，是平子的女婿。

平子歇了半天工，提著個油瓶到金崗嘴代銷小店打油、買菸。她低著頭快快地走，和誰也不搭腔，誰也看不出她是高興還是不高興。

平子的兄弟高興，家裡殺雞了。他家前家後地跑來跑去，唱來唱去，唱到興頭上，一腳絆在黃盆上，膝蓋磕破了，黃盆磕爛了，挨了他大一耳巴子。待到吃飯的時候，他娘夾給他一個雞脖子，把他打發到鍋屋裡去了。他非常消沉地啃著雞脖子。

平子悄悄地在兄弟碗裡扣上一杓雞塊，這是她私下留在鍋底的。

兄弟端詳了一會雞塊，重又振奮起來。

平子一口都不吃，怔怔地看著兄弟吃。

雞塊裡擱了許多辣子，兄弟吃得唏唏溜溜的，一頭一腦的汗。

平子撩起褂子前襟給兄弟抹了一把汗，擤了一把鼻子，然後悄聲問：

「他和你說話了嗎？」

「哪個他？」他埋頭苦幹，忙中偷閒問了一句。

「就是他——和俺三姨一塊來的那個人。」

「就是姊你的女婿？」

平子照他後腦勺打了一巴掌：「該死的，我不理你了。」

「噢，噢噢，」他討饒，「我告你呀，他……」

「我不聽。」平子轉過臉去，咬著一根麥穗子。

半天沒動靜，過了一會兒，她吐掉麥穰子，轉過臉說：

「他對你說啥了？」

兄弟抬起頭，又是一頭汗：「他啥也沒和我說，他沒和我說話，他沒說話，他光聽三姨和俺大俺媽說話了。」

「他一句話沒說？」

「沒。」

平子不再說話。兄弟啃完最後一塊雞，把骨頭吐了個滿地，跑了。

「平子！」小勉和大志子來叫她了，「下午做活嗎？」

「做。」平子說。

「不陪陪你女婿了?」小勉說，大志子拉她也拉不及了。

「你——」平子的眼淚出來了。兩個姊妹趕緊把她拉出鍋屋，拉到家後。

三個人在樹蔭裡坐下來了。

前面是一片黃豆地，黃豆地過去是紅芋趟子，紅芋趟子過去是花生地，花生地過去是小學校，小學校裡沒有一個人，太陽照著。

平子的眼淚越發洶湧，怎麼也止不住了。

小勉子和大志子沉默著，偶爾目光相遇，大志子就用眼瞪小勉，小勉便只好不看她。

平子的眼淚漸漸地乾了，還剩下一點抽噎。

大志子這才敢說話：「那邊要你過門子了?」

點頭。

三個人誰也不說話，太陽從樹頂上直照下來，陽光從葉子縫裡漏下來，一點一點地撒在她們身上。小學校前，站了個老師，不知在幹什麼。他的紅背心，紅得發亮。

「他妹妹死了，」平子開口了，「他媽想要我過去了。」

「他妹妹有多大?」大志子問。

「十三歲，說是很能幹，燒鍋做飯，餵豬割菜，都會給她弟兄們納鞋底了。」

「咋死的？」

「得病了。」

「什麼病？」

「肚疼，疼了幾天幾夜，疼得滿床亂滾，疼死的。」

「咦唏！」

「得這種病死的，還不能埋，埋了對家裡人不好。就扔在亂墳崗子上了。」

「咦唏！」

啞巴挎著一籃子衣服從花生地邊走過去，頭上頂著一塊白毛巾，白得發亮。

「啞巴是去家後塘裡洗衣裳的。」小勉說。

「西頭的塘乾見底了。」大志子說。

「老不下雨。」平子說。

「衣裳這麼洗毀得快。」

「可不，劉紹寬爲這揍過她。」

「啞巴嫁給劉紹寬，夠她受的。」

「啞巴從上海跑到大劉莊，就給劉紹寬他娘收了做童養媳了。」

「啞巴是從上海來的嗎？」

「是的，俺老太爺說是的。」

「可惜她不會說話，問她啥也不知道。」

「唉。」

啞巴走遠了，看不見了。

「他家弟妹多嗎？」大志子問平子。

「弟兄多，他是最大的，底下滴滴拉拉一嘟嚕子呢。」

「你和你老婆婆分開過，你聽我的沒錯，分開。」小勉子說。

平子不回答，苦笑了一下。

「他是老大，怕是分不開哩。」大志子說。

「要我，一過去就鬧，不讓分，我不讓她安生。」

「你現在是這麼講，到時候就不了。」

小勉子拾起塊石頭，朝前邊扔去，恨恨地說：「我還不知道我老婆婆是誰呢，我先罵她一聲——」

兩人噗哧笑了，阻止道：「別說憨話，叫人聽了笑話。」

蟬叫著：「伏涼——伏涼——」

遠處傳來棒槌聲。

14

吃過晚飯，涮過鍋，太陽落到西天下邊，天卻還沒黑盡。男人一手抱著孩子，一手拿著菸袋，一搖一擺地走在村道上，互相招呼道：

「吃過了嗎？」

「吃過了。」

「還沒吃嗎？」

「就吃了。」

小孩子擦過澡了，在門前大樹下鋪一條涼席，唱著怪怪的兒歌：

「男的男的玩兒，女的女的玩兒，單逮女的剁頭玩兒。」

西頭傳來罵架聲。西頭小牛家吵仗了。小牛和迎春幹起來了。迎春罵，小牛揍，迎春還手，還不過，拔腿就跑。小牛在後頭攆，雞飛狗跳。

東頭也開始鬧了，迎春娘坐在門前地上罵。先是罵迎春不長眼，罵死了活該，打死了活該，受死了活該，不礙她一點點兒；接著罵小牛，不是人，眞正是個富農崽子，不仁不義，剝削媳婦兒，壓迫媳婦兒，要打死迎春子，她和他沒完，她要叫他下大獄；然後又罵迎春自找苦吃；接著再罵小牛忘恩負義……罵累了，歇歇；歇過了，再罵。

一莊子的人都出動了，拉架：拖住小牛，拖住迎春。小牛手裡握著一把菜刀，像是要去殺迎春。迎春披頭散髮，兩眼翻白，像是已經被殺了一刀。

大夥兒勸道：「別吵啦？吵啥哩？吵吵有啥個趣呢？早知今日，何必當初呢？」

一聽到這裡，迎春掙扎著跳了起來：「我瞎眼了，我是眞瞎眼了。你害得我好苦。我現在是有家也回不得了。我娘吔——」說到傷心處，眼淚像斷了線的珠子直掉下來。周圍的媳婦姊妹們不由地也落下淚來。頓時，一片唏噓。

迎春數落著，哭著，漸漸的，有點累了，聲音低落了下去。聽的人也覺出了枯燥，卻不散去，就地蹲下來。東頭的罵聲時斷時續地傳來。天黑盡了。

「眞丟死人了！」小勉子跺腳。

「和娘家近，就這不好。啥事都要傳回去，顯得多沒臉面。」大志子說。

「我還當他倆不會吵仗呢！」平子有些失望。

「你三姨回去了？」大志子問平子。

「今晌午走的。」平子回答，過了一會兒，又悄聲說，「他和我說話了。」

大志子瞧平子。

平子瞧著地。

「咋說的？」

「吃過晌飯，俺媽帶俺三姨去小勉家借鞋樣子，俺大上家後了，我進屋去拾碗，他和我說話了。」

「說啥了？」

「他問我，豆子鋤完了沒有。」

「都什麼時候了，還鋤豆子。」大志子笑了。

「他又問我，俺這兒旱得沒水了。」

「他自己不能張眼瞅？」

「他還說：他媽想我。」

「你咋說的？」

「我啥也沒說。」

「他長得啥模樣？」

「我沒正眼瞧。」

「咦唏。」

「他的一雙腳倒不大。」

「嗯。」

「他的鞋許是他妹妹做的，歪成個牙牙葫蘆了……」

「嗯。」

平子發現大志子有些走神，就不再說了。

滿意子在問百歲他大：「百歲打信來了沒有?」

「沒哩。唉，這鬼孫孩子，心野死了。」

「興許，信正在路上走著哩，新疆離這裡幾千里地哩。」

「我夜裡一閉眼，就見他被火車壓了，血糊糊的，只剩條胳膊了。嚇得我不敢閉眼，一夜一夜地醒著。」

「你是自己嚇唬自己哩。」

「我怕是活不到見他回來了。」

「我說你自己嚇唬自己吧!」

天黑到盡處，又明亮了起來。月亮升起來，大半個，明晃晃地照耀著。迎春哼哼嘰嘰地哭著。人們站著，蹲著，三三兩兩的，小聲聊天。小孩兒在人堆裡擠來擠去，互相追逐，唱著兒歌：

「男的男的玩兒，女的女的玩兒，單逮女的剁頭玩兒。」

憨子也跟著鬧鬨，跑來跑去，跑不溜，一下子栽倒在豁嘴子身上。豁嘴子沒跑，矜持地站在一邊，一下子被憨子撞了個滿懷，險些兒跌倒。他提起一腳，把憨子踢翻在地上。又對著憨子的肚子踩了一腳。憨子疼得在地上打滾，扭來扭去的嚎著。更加激起了豁嘴子的情緒，他又踹了她一腳。

旁人喝住他：「豁牙巴子，她是憨子，你和她一樣見識嗎？」

豁嘴子又提起了腳，被人拉住了。他掙扎著。人們忽然發現，豁嘴子什麼時候忽然長大了，胳膊像個大男人了，一把握不過來了。力大無窮，像頭牛，好不容易把他拖遠了。

劉延台大爺蹲在迎春身後，正講古：

「……那陰陽先生到俺這片一看，心裡格登一下子：這是塊寶地啊！要出眞龍天子呢！」

「他咋看出是塊寶地的呢？」滿意問，他具有刨根問底的品質。

「他咋看，能告訴俺嗎？」劉延台大爺反問道，並且蔑視地看了他兩眼。

「後來呢？」啞巴男人劉紹寬追問。

「後來，這陰陽先生嚇怕了。心想：皇帝在上，再出個天子，豈不是又要改朝換代了？豈不是亂世又要來臨了嗎？這一想，他來了個點子。他哄俺這地面的人，說俺這片是窮山惡水。要想改風水，必要在東邊打口深井，西邊種棵老槐。沒料到，這井和樹，把俺這好風水全鎮住了。從此，俺這地方，眞正成了窮山惡水，別說天子，連個舉人都中不上了。」劉延台大爺懊惱地連連拍大腿。

「日他奶奶的。」啞巴男人憤憤罵道，「要說咱這地方出貴人，我還眞信。你想想，北徐州，出了個劉邦，南宿遷，出了個項羽。咱這地盤，命該出天子的。」

「那陰陽先生打哪來的呢？」有人問。

「打城裡來的，他是看不得咱們風水好。」

「你們統統都是迷信，我不信你們的鬼話！」滿意天生是個懷疑主義者。

「你信啥？你啥也不信。因爲你啥也不懂。」劉延台大爺一眼識破了滿意懷疑主義的本質。

「要是百歲子在，你們就不敢這麼胡八扯！」滿意搬出了百歲。

「哼，百歲子！」劉延台大爺做出不屑的表情，然後埋頭點菸袋，菸袋鍋一紅一紅，點著了。「百歲子讀的那全是新書，都是後人自己胡編的。不同老書，是聖人傳下來的。」

「聖人是誰？」

「孔夫子呀！你連這個都不知道？」劉延台大爺驚異地看了滿意一眼，使滿意感覺到了無限的屈辱。他朝啞巴男人跟前挪了挪，壓低嗓門：「要我說，咱整個兒的風水，全叫百歲子說的那些玩意兒鎮毀了。什麼火車啊，鐵路啊，蓋大樓哇！」

「就是。」啞巴男人很是信服。

「什麼？」滿意聽不清，問道。

「你想想，早先，挖口井，都要找先生看風水。如今幾丈高的大樓，就這麼蓋起來了……」

他聲音更放低了，而且背朝著滿意，越說越低，終於，滿意啥也聽不見了，只聽到一片嗡嗡嘰嘰。

月到中天。天很高，沒有一絲雲彩。月亮在很高很高的天上，很明亮。

「走家吧！」平子邀著伴兒。

「走家。」大志子同意。

「走。」小勉跟著答應。

走下台子，走上村道，平子忽然冒了一句：

「他們這會子該到家了。」

「誰們？」小勉子問。

「還有誰們？棗林子的人唄。」大志子代她回答。平子一下子紅了臉。

「我看你的魂已經勾到棗林子去了哩。」小勉子諷刺她。

平子忽又勇敢起來，抬起頭說：「俺長這麼大，還沒出過大劉莊哩。他們走以前，留下錢了，讓俺大帶我進縣城扯一身褂子。」

「眞是的嗎？」小勉子忽又羡慕起她來，爲她出主意，「扯一身嗶嘰呢的。」

「不如稱斤半毛線，織個線衣。」大志子說。

「到地方再看吧！」平子矜持地說。

「啥時候進城？」

「過天把就去。」平子微笑了一下。在月光下，那微笑十分好看，大志和小勉都這麼覺著。

15

劉延台大爺在南湖看地，背個糞箕子隨手割點豬菜。

黃豆棵掛上豆莢子了，一莢一莢，綠綠的。這一片的黃豆種好，叫天鵝蛋，粒兒不比天鵝蛋吧，也能比小雀子蛋。

麻雀在地上蹦著。據說，能看到麻雀兩條腿分開來走道的人，是有大福的人。劉延台大爺看了一輩子了，也沒看到有哪隻麻雀用兩條腿分開來走的，也沒聽說有什麼人看到過。看來，有大福的人不多，興許根本就沒有，哄人的罷了。

湖裡不見人，一眼望過去，望不到邊。不過，他知道那邊盡頭，盡頭，有一條大路。老羅——他想，眼不照了。年輕的時候，他望那路，清清楚楚。路上走著小叫驢，他能看見；叫驢背上坐著小媳婦，他能看見；小媳婦前邊，走著她男人，他也能看見。這會兒，什麼也看不見了，只看到一大片黃豆棵子；望完黃豆棵子，就是天了。天藍得晃眼，太陽烤得人發燙，燙得舒心，有點像拔火罐子。

幾個小孩兒背著草箕子走過去。

又有幾個小孩兒背著草箕子走過去。

後邊又來了兩個，他認出是豁嘴子和憨子。憨子憨，只夠割豬菜用的。他們沒跟著別人走遠，就在劉延台大爺看得見的地方割起來了。

太陽辣乎乎地烤著背，像拔火罐子。劉延台大爺覺出了睏。他坐倒在地上，靠著糞箕子，臉上卡著個破草帽，打起盹來。

四下裡靜悄悄的，只聽見風吹過黃豆棵子，沙啦啦地響。

大路上走著小叫驢，叫驢背上坐著小媳婦，穿著紅，戴著綠，抱著個花包袱，邊上走著她男人。小叫驢的蹄子「噠噠」地打著地，走著走著走累了，「哼哼」地喘起來。怪了，毛驢咋會哼哩？……

劉延台大爺睜開了眼，不明白那「哼哼」的聲音從哪裡來。他擦了一把垂在嘴角的口水，站起來，四下裡望去。

四下裡靜悄悄的，沒個人影，割豬菜的孩子都跑遠了。連個影兒也沒了。四下裡全是青青的黃豆棵子，再過去，就是藍藍的天了。他作夢似地記起，原先有兩個孩子就在那裡割豬菜呢，就在他望得見的地方。看看日頭，還沒動一點點呢。他這一個盹，沒多長。他們跑不遠，上哪兒去了呢？

四下靜悄悄的，他忽然害怕起來。他想起，東邊地頭埋著七個新四軍，彭雪峰手下的兵，死得慘哩。早年，這裡常常不安生，常常有些怪事。想著這一些，他決定走過去看看。越走近，那哼哼聲越響。像是有人在叫喚，嗷嗷叫，叫得又不像是個人。他丟下糞箕子，加快腳步。朝那聲音直走過去。那聲音來自一叢密匝匝的黃豆棵子。還沒到跟前，他只來得及吼一聲：

「豁牙巴子，你造孽！」腳一軟，蹲下了。

他望著黃豆棵子裡那一堆黑乎乎的人影，感到一種刻骨銘心的悲哀。他站不起來，就這麼蹲著了。

16

早晨，鍋屋煙囪冒煙了，出早工的回來了。平子和她大從村道上過去了。爺兒倆拉著掛平車，平車上裝了一車夏紅芋。她大架把，她拉梢，在肩上墊了塊白毛巾墊繩。她今兒穿了件魚白色的翻領小袖口的褂子，半新不舊的，沒大見她穿過。

「平子，上街哪？」

「嗯哪！澆菜哪，大志子姊？」平子微微側過臉微笑著，臉有些紅。

「嗯哪！」

爺兒倆走過去了。

大志子望著他們走過去。直到他們走過去了，還望著。

鮑莊的人，好久沒來了。

她輕輕吁了一口氣，低下頭舀水，水澆在菜畦上。

「俺姊，俺姊，你聾了！」小龜子站在台子上跳腳。

「叫我的嗎？」大志子抬起頭來。

「我喊你半晌了！」

「喊我做啥？」大志子抱歉地問兄弟。

「俺大讓你吃過飯別出工了，到家後把俺家那點花生扒了。」小龜子傳達好指令，啃著塊紅芋麵饃，上學去了。

大志子背起個糞箕子，糞箕子裡裝了把抓鉤子，一個人轉到家後，走下台子，朝她家那二分花生地走去。

正該上學的時候，小學生們掛著書包，夾著板凳，都往小學校去，鬧鬧哄哄的。穿紅背心的耕讀老師蹲在樹下，捧著碗在吃飯。一群雞圍在他跟前，一隻調皮的，飛到他背上停著。

大志子沿著紅芋趟子拐過去，到了花生地。她放下糞箕子，拿起抓鉤。一抓鉤下去，提起了一嘟嚕花生。她剝了一顆，放進嘴裡嚼著。生花生的清香夾帶著微微的腥氣。她又剝了一顆。

小學校打鐘了。紅背心外面套上了白褂子，正在敲樹上掛著的鐵疙瘩。這塊鐵疙瘩是大躍進時煉出來的，敲起來很響亮：

噹，噹，噹，噹！

小學生們鬧鬧哄哄地進了教室，不鬧了。

最後，那老師也進了教室，徹底地靜了下來，小學校後面是高高的壩子，壩子上有輛自行車，朝著縣城的方向騎去。自行車過去了，又來了一個人，背著個大包袱，襯著藍天，像看皮影戲一樣——大志子想。

鮑莊的人好久沒來了。

大志子低下頭，一抓鉤一抓鉤地刨著，一嘟嚕一嘟嚕的花生抓了起來，從地底下翻出來，躺在太陽底下。

一個小媳婦從地邊過去，挺著個大肚子，挎著一籃子衣服，低著頭，快快地走，卻又走不快。

「這不是迎春嗎？」大志子叫起來，「迎春！」

迎春抬起臉，有點窘：「大志子，沒看見你哩。」

「反正你見咱四隊的娘家人都不理了。」大志子開她玩笑。

「我有啥娘家人、婆家人啊。」迎春也開玩笑，有點悲哀似的。

「吃花生。」

大志子抓起一嘟嚕花生朝她扔過去。

「不吃。」迎春嘴說不吃，手已經接住了。

「迎春，你可好？」

「好不好，就這樣了。」迎春回答。她臉上長了許多褐色的斑，顯得蒼老。

「他對你可好？」

「好不好，你們都見了。」她吃著花生。

「吵嘴磨牙還不是常有的事。」

「他太犟了。」迎春眼圈紅了，吃著花生。

「小牛小牛嘛，還能不犟！」大志子逗她。

「他這人不識勸。」她眼眶裡滾下一滴淚珠。

「你們是自己相上的，好壞也都熟悉，還不能讓著點，順著點？」

「真還不如像你們這樣，讓家裡說一個哩。興許還能碰上個對心思的呢！」迎春猝然說道，有點賭氣也有點真心。

「誰知能不能碰上呢。」大志子悠然說道。前面的壩子，壩子上走著一掛平車，皮影戲似的。

「大志子，鮑莊那事說定了沒有？」迎春擦擦淚，關心地問道。

「下過彩禮了。」大志子低下頭，下了一抓鉤。

「聽說那個鮑文龍才有出息呢！大志子，你跟著他能享上福哩！」迎春熱切地看著她。

大志子不看她，笑了笑：「我不指望什麼，我隨俺大俺媽的。」

「他在南邊當兵吧？」

「在金華。」

「金華離此地有多遠？」

「說是到了上海，還要搭火車。」

「上海？還搭火車？」迎春的眼睛睜大了，淚水還沒乾，水汪汪的。

「到了上海，再搭火車。」大志子肯定地說。

「咦唏！大志子哎，你能跟他轉世界遊去了。」

大志子不說話，只笑笑。

迎春走了，挎著個籃子，挺著個肚子，一踋一踋地走了。褲子嫌短了，吊在腳脖上頭，露出兩隻細細的腳脖，細得撐不住似的。可她仍然一直走得看不見了。

「噹，噹，噹。」下課了，學生們擁出屋，把幾隻雞攆得到處亂跑。

鮑莊的人說他秋天回來探家的。可是，鮑莊的人好久沒來了。

「哦，哦。」啞巴朝她叫喚。啞巴挎著一籃子衣裳，站在花生地邊上，朝她和氣地笑。

大志子拾了幾顆花生遞給她，她把籃子放下，接過花生，剝了，送進嘴裡嚼著。

「啞巴你是上海人嗎？」大志子問。

啞巴「哦哦」地叫著，指手畫腳。

不懂。

「啞巴，你眞是從上海來的嗎？」

「哦，哦。」

「啞巴，上海是啥樣子的啊？」

「哦，哦。」

「唉，啞巴，你眞急人！」大志子洩氣地看著她。

花生從地底下翻出來，在太陽底下，一嘟嚕，一嘟嚕。

17

平子從縣城回來了，帶來了兩個消息。

一個消息是關於百歲子的。平子不敢說，她大不讓她說。她只悄悄地告訴幾個要好的小姊妹。滿意子硬擠進來要聽，最後讓他賭咒發誓不說出去，才允許他旁聽。

「百歲子叫火車壓死啦！」

「哎喲——」小勉子嚷起來。

滿意子的牛眼瞪起來了。

大志子臉煞白，半晌才說出話來：

「這是咋啦？」

「你知道百歲子是咋上新疆的？」平子問。

「不知道。」

「他和他那街上的同學先打了張船票，到了蚌埠。」

「蚌埠？」

「蚌埠。然後，他們爬煤車往新疆去。新疆太遠，一掛火車開不到頭，要換好幾掛，接著開，才到得新疆。他們爬一掛車，車走到不走了，他們才爬下來，上另一掛車，接著走。走了有半個月，離新疆就不遠了，還有兩天的路程，出事了。」

「咋啦？」

「他倆又爬了一掛煤車，不曾想到，叫押車的看見了，硬攆他們下去。他倆氣性上來了，你們知道百歲子的氣性大。」

「他不能受屈的。」大志子說。

「他是讀過書的人，不能像俺鄉裡人，叫人吆五喝六的。」滿意說。

「俺鄉裡人也不能叫人吆五喝六的呀！」小勉說。

「他倆氣了，不搭那車，就走著去了，反正，不遠了。他倆就沿著鐵路走，走在路軌上。不曾想，後頭來了火車，鋪天蓋地地朝他倆壓過去了。」

「咦唏！」大志子用手蒙住了臉。

「難道他們一點兒沒聽到動靜嗎？」小勉問。

「你沒聽百歲子說過嗎？」滿意解釋，「火車可快，等聽到動靜，躲是來不及的。一眨眼，它就沒影了，只留下一大團白氣。」

「哦——」

四個人都不作聲了，坐在板凳上，傻子似的。

過了半晌，大志子才說：「俺大沒說錯，百歲子是讓他念的書累了。」

「是讓他念的書累了。」平子同意。

「他是聰明太過了。」滿意說。

「聰明到底有啥不好哩？」小勉不明白。

四個人又不作聲了，呆呆地坐著。

有人推門，是百歲他大：

「大志丫頭，我在你家水缸裡舀瓢水做稀飯，啊？」

「你舀。」大志子說。

「回頭我幫你挑一缸去。」滿意說。

「要不多點，要不多點，我一個人……」他嘟囔著，端著一瓢水走了。水瓢顫顫的，撒下幾點水珠子。

四個人一句話不說，坐著。

過了半天，才想起平子還帶回來的另一個消息。

「要有學生來此地了。」平子振作起來，說道。

「哪來的學生？」

「有街上的，有蚌埠的，還有上海的。」

「上海的？來做啥？」

「下放，鍛鍊啊。」

「來幫咱割豆子的？」

「也割豆子，也種麥子，落戶哩。」

「啥時候來？」

「已經派幹部去帶了，快了。」

「到上海去帶？」

「當然有去上海的。」

「誰去的呢？」小勉子猜。

「反正不會是你我。」滿意說。

大家笑了，氣氛重又活躍起來。

「學生是男的，還是女的呢？」

「當然是有男有女。」

「來了就不走了嗎？」

「叫做插隊落戶哩。」

「俺大劉莊不知來不來？」

「說是哪個莊都要攤到，想不要還不行。按地畝人頭派，地多的多派，地少的少派。」

「學生來了，也幹地裡活嗎？」滿意問。

「咱幹啥，他幹啥。」平子回答。

「學生來了，也吃芋乾子麵饃嗎？」

「咱吃啥，他吃啥。」

「學生來了，也睡涼床子嗎？」

「咱睡啥，他睡啥。」

「學生來了，也娶媳婦嫁男人嗎？」

「咱——滾你個臭滿意子！」平子笑著罵道。小勉湊著熱鬧，把滿意屁股下的板凳抽了，滿意翻了個大跟頭。最後，被攆了出去。

「平子，你扯掛子了？」大志子問。

「扯了。」

「說好日子了嗎？」

「說好了，過年。」平子平靜地說。她變得十分平靜。她抬起眼睛看看姊妹們，眼睛很清澈，「我現在也不想別的了，反正，人人都有這麼一回。」

「平子姊，你眞是想開了。」小勉望著她，不知怎麼有點悲哀。

「我也算可以了，進了趟縣城，見了不少新鮮事哩。」平子微笑了一下，「明兒，你們來看我扯的布吧，嗶嘰呢的，才厚實。」

18

家後小學校，穿紅背心的耕讀老師在拉二胡，對著一彎月亮，拉得悲悲戚戚，叫人傷心。上面下來一個耕讀轉正的指標，叫別人給拿走了。

第四章

19

一輛無軌電車靠了站。門一開，下的人還沒下，上的人就一擁而上，堵住了車門。兩方面力量各不相讓，僵持著，掙扎著，下的人從上的人中間擠下去，上的人從下的人中間擠上去。車門「嗞嗞」地關著，關不起來，擠在人身上，威迫著人們。又一輛車來了。

對面飲食店裡滿滿擠著人，左邊是一個冰箱，轟隆隆地震顫著，冰磚來不及從冰箱裡取出來，只得堆在外面，直接遞給顧客，冰磚在融化。右邊是爐子，蒸著幾屜熱氣騰騰的包子，人們耐心地等待著領包子，隊伍從門口拖出來，橫到隔壁菸紙店前。

車水馬龍。一個老頭過馬路，足足等了有一刻鐘，還沒找到安全的突破口。他徘徊著，等待著，車輛不斷，需要當機立斷，來不得半點猶豫。一多半的車禍是因爲猶豫，事情全壞在猶豫上了。最後，他終於過來了，即將到達彼岸時，卻叫一輛自行車給碰了一下，正是因爲猶豫。他想讓，卻猶豫起來，他想不讓，則又猶豫起來。

一個老太婆手裡托著一只碗，碗裡是豆腐乳，匆匆忙忙地走著，卻也走不快。

一輛自行車，騎車人腳踏得很忙，車子行駛得卻很慢。

……

路小紅趴在她家臨街的窗口看著，她把這叫作看電影。

一個花癡走過來，穿著紅衣服，綠褲子，頭上紮著紅線綠線，她自我感覺十分良好地走過來，不慌不忙，挺胸吸肚，目不斜視，自信有許多人在看她，而她，無所謂。

公用電話間的蹺腳手裡捏著一疊傳呼單，一蹺一蹺去傳呼了。這一疊傳呼單裡，一定有一些是今天上午打來的，還有一些昨天打來的。他是非等到湊夠一疊才肯去傳呼。他無比珍惜他的勞動。

人少了一點，街上暫時地清靜了一些。她便看店。

服裝店，鞋帽店，刀剪店，棉花店，文具店……

她隱隱約約地記著，很早很早以前，這裡有個鮮花店，門裡門外擺了各色鮮花。它是什麼時候消失的？消失得那麼乾淨，就像從來沒有過似的。

樓梯上有腳步聲，上來了。門沒關，只繫了一幅花布作門帘，花布門帘下出現了一雙腳，穿著搭襻的布鞋，白襪子，一角藏青人造棉的褲腿。

「誰？」路小紅問。

「有人嗎？」一個十分嫻靜的聲音。

「誰？」路小紅固執地問。

布帘揭開了，進來一個女人，有四十歲的年紀，短頭髮用髮夾夾著，露出白皙明朗的額頭。她穿著白襯衫，第二顆鈕釦上扣著兩朵白蘭花。她微笑著，笑得很靜謐。

路小紅怔怔地看著她，不知爲什麼，一句話也說不出來。

「爸爸不在家？」她問。她的聲音不高，卻清晰。

「他們都去寧波鄉下了。」

「你爲什麼不去？」

「是我弟弟的外婆過世，他們去參加大殮的，我就不必去了。」

「你叫路小紅！」

「你怎麼知道？」路小紅驚異地看著她。

「我聽你爸爸說過你，一看就知道，你是路小紅。」

「我看著你，好像也有些面熟。」路小紅說。

「眞的嗎？」她微笑了一下，笑得很靜謐。

路小紅看著她。

「我記得你是六七屆的，分配了嗎？」

「我是外農，要去農村的。」

「噢，去哪裡？」

「本來想去崇明，可是，後來毛主席的指示下來了，連大豐農場的名額都沒了，統統插隊。」

「你要去插隊？」

「我要去插隊。」

「有哪些地方？」

「安徽、江西、黑龍江、內蒙古、貴州、雲南。」

「比較起來，安徽最近。」

「可是安徽最窮。」

「還是近好啊！」

「可是要吃雜糧的。」

「去安徽吧，那裡近。」

「好的，我想想。」

她們站著，對視著，討論著路小紅的何去何從，討論得很平靜。

她看著路小紅。

路小紅看著她。

「你從哪裡來？」路小紅問。

「我從家裡來。」她說。

「你家在哪裡？」

「我家離這兒遠哩。」

「你以前到我們家來過嗎？」

「沒有，這是第一次。剛才，我還向一個老太太問了路。」

「你以前一定來過。」

「你記錯了。」她摸了一下路小紅的臉頰，然後看著她。然後走了。

她走了，房間裡留下一股白蘭花的清香，那清香夾帶著她那股靜謐的氣氛，一起留下了。

路小紅站在那裡，好像是一場夢。

一輛載重卡車開過，把房間都震顫了。她哆嗦了一下，像是夢醒了。忽然拔腳跑出房間，下了樓梯，穿過碗店，跑到街上。

街上的人陡然地擁擠起來。她踮起腳左右望著，再望不見那女人了。那女人消失了，消失得就像從來不曾有過似的。

路小紅不甘心，站在街上左右望著，人流如潮，汽車「笛笛笛」地叫出一世界的噪音。再不見那女人了。

「她一定是有點來歷的。」路小紅想。

「她看上去那麼面熟。」路小紅想。

「好像，我和她見過。」路小紅想。

「她會不會是——」路小紅不敢想。

「路小紅——」有人叫她。

「嗯？」路小紅又一次夢醒起來，一個繁雜的夢。

20

「路小紅，」陳志浩站在她面前，「你要出去？」

「不，沒有出去。只不過站站。」

「我來問問你，你有沒有什麼打算？」

「沒有什麼打算。」

「你到底傾向於哪裡呢？」

「哪裡都行。你呢？」

「我？」陳志浩遲疑了一會兒，「我想和你商量商量。」

「我？我隨便。」

「我想聽聽你的意見。」陳志浩堅持說。

「我想，安徽近一點。」

「可是，安徽很艱苦啊！」

「還是近一點好呀！」

「安徽要吃雜糧，我的胃不大好。」

「不管胃怎麼樣，還是近好。」路小紅堅持說。

「好的，我考慮考慮。」陳志浩說。停了一會兒，又停了一會兒，他說：

「路小紅，你對我有什麼意見？」

路小紅詫異地看看他：「我對你並沒有什麼意見。」

陳志浩一下子說不出話來。低頭看看鞋子。球鞋洗得很乾淨，敷了一層白白的鞋粉。

「你怎麼啦？」

「沒什麼，我只是想問問你，對我有什麼意見。」他有些臉紅，彎下身解開鞋帶，重新繫好。

「我眞的沒什麼意見。」

「你好好想想，明天告訴我也行。」陳志浩直起腰，抬起臉，勇敢地看著路小紅。

見他這樣的鄭重，路小紅也不安起來：「確實沒有什麼意見，我覺得你挺好。」

陳志浩一下子紅了臉，連眼圈都有點紅了，他側過了臉，又說：「假如眞是這樣，我想，我們一起去插隊。」

「行。」路小紅一口答應。

她答應得那麼爽氣，陳志浩反有些不知所措了。

「我本來就不打算和那些紅五類在一起插隊，在他們面前，我們永遠抬不起頭的。」

「是的，我也有這種想法。」陳志浩自然起來，重新正過臉來，看著路小紅。

路小紅很平靜：「想到底，插隊也不那麼可怕。鄉下的地方，不也有那麼多人在過日子。」

「是呀。」他看著路小紅。路小紅把辮子盤在頭上，顯得脖子很長，有點像朵向日葵。

「說到底，上海有幾個眞正的上海人？」

「並沒有，都是從各地來的。」

「你家是什麼地方人？」

「紹興人。」

「你爸爸是好大的資本家吧？」

陳志浩苦笑了一下：「說老實話，我爸爸這個資本家確實是開明的。」

「噓——」路小紅豎起一根手指頭警告道。天色暗了，如今天短了許多。

他放低了聲音：「舊社會，比我爸爸小的資本家，都要討上三房四房的老婆。可我爸爸，你知道，就我們這一房。我們家過日子比誰家都省。平時我也不想講，講了別人也不相信，覺得我在哭窮。」

「我相信的。」路小紅分辯道，又叫陳志浩激動了一下。

他輕輕咳了一聲，繼續說：「我們家能有今天不容易，聽我爸爸講，本來我們陳家人丁很興旺，家族很大。可是後來衰敗了，最後，只剩下一個寡婦，帶著一個兒子。這寡婦從頭上拔下一支黃楊木簪子，插在地上，說：『要是這簪子能發青，就絕不了大陳家。』黃楊木簪邊上湧出清泉，發了青，長成了大樹。陳家又慢慢發跡了。這寡婦就是我奶奶的太婆。」

「眞的嗎？」路小紅聽出了神。

「家譜上寫著呢！」

「家譜呢？」

「全燒了。」

「紅衛兵燒的？」

「不，我爸爸自己燒的，他怕惹麻煩。」

「呀，太可惜了。弄到最後，人連自己從哪來的都不曉得了。」

「也不必曉得的，有人在，就總有個來路。」陳志浩說，他忽然叫道——

「丁少君！」

路小紅順著他的眼光看去，果然看見丁少君在馬路對面，騎著自行車，也叫道：「丁少君！」

丁少君沒有回頭，逕直騎遠了。

「也許不是他。」陳志浩說。

「是他。」路小紅很肯定。

「天下相像的人是很多的。」

「不會像到這麼一模一樣的。」

天色大暗，路燈亮了。

21

丁少君從路小紅和陳志浩的對面駛過來，騎到安定公寓面前時，他下意識地放慢了車速。

暮色中的安定公寓，十分肅穆而莊嚴，傲然地俯視著周圍的矮房子。

他慢慢地駛過安定公寓，騎過去了。

他拐進自己家的弄堂，又拐進支弄。家家都在門口吃晚飯，有的人家把燈接了出來，裝在門前。

「回來了，阿君？」小妹向他招呼。她穿了一條短而瘦的花睡褲，露出圓圓的小腿肚子。

「回來了。」他看著她的腿肚子，回答道。

「回來了，阿君？」爹爹一個人在一張方凳上喝酒，方凳上放了兩只搪瓷碗，碗裡是姆媽從工廠食堂裡帶回來的小菜，「吃飯吧，有醬排骨。」

「你先吃。」丁少君支好自行車，脫了襯衫，拿了毛巾出來，在水龍頭下洗了臉，然後，才坐到方凳面前。

「到學校去了嗎？」爹爹問。

「嗯。」丁少君吃飯。

「工礦還有嗎？」

「什麼工礦？」丁少君不耐煩了，「你也太不領市面了，現在還有什麼工礦，統統插隊落戶。」

「統統插隊落戶啊？」爹爹驚訝地問。

「嗯。」丁少君吃菜。

「不可以不去啊？」

「嗯。」丁少君喝湯。

「這可傷腦筋了。」

丁少君連「嗯」的興趣都沒了。

爹爹卻非要和兒子講話，想要討好他似的：「今天下午，又有個人來外調。」

「噢。」

「你曉得來外調哪個人？」

「我哪能曉得。」

「是的呀，那外調的人講出名字來，我都稀裡糊塗，後來總算弄清楚了，是當年你爺爺養著的一個清客的後代。」

「清客？」丁少君停了一下筷子。

「就是吃白食的，拆穿了講。陪你爺爺玩、賭、逛窯子。你爺爺是個附庸風雅的人，養了不少藝人，什麼唱戲的票友、拉胡琴的，後來還弄來一個拍電影的小白臉。這個小白臉眞不是東西。」他喝了點老酒，話多得很。碰巧了，丁少君也願意聽這個：

「他怎麼不是東西了？」

「他在我們家鬧得雞犬不寧，看到女的，不管老少，都要勾搭。後來到底把你大娘娘搞到手了。和你娘娘結了婚後，去了香港，此後就失去聯繫了。」

「一點音訊也沒了？」

「聽傳說，他們一道去爪哇島拍電影，全班人馬進去以後，再也沒有出來，估計是被野人吃掉了。」

「哦——」丁少君打了個寒噤。

「這是傳言，有幾分眞，也有幾分假。」

「哦，我們家的人呀！」丁少君輕輕地說了一句。

「你還有個大伯伯，結局也很慘。他是一種非常奇特的人，叫『慧眼』。」

「什麼叫慧眼？」丁少君放下了筷子，他一下飽了。

「他能看見祖宗。」

「眞有這樣的事？」丁少君聲音都顫抖了。

「我們家老傭人王媽說，像這種人，有兩種命，好到可以做丞相，壞到討飯當叫花子！」

「我大伯伯呢？」

「他是一敗塗地，吃白粉吃得不可開交，最後在梅隆鎮上凍死了。」

「哦，我們家的人全沒了，一個家族，像一蓬煙一樣散了！」丁少君喃喃地說。

22

「阿君，過來坐坐吧！」小妹坐在自家門口叫他。她家屋裡的燈關了，她就坐在黑地裡。

丁少君走過去，坐在她身邊的小板凳上。身邊一米左右地方，有兩個老頭子在下象棋，圍了一圈人。弄堂口幾個小孩兒在唱一支莫名其妙的歌：

「介許多蘿蔔，夾了一塊肉，醬油燒燒紅燒肉……」

「阿君，我們六八屆的分配方案也下來了，統統一片紅。」小妹告訴他，她嘴裡像含著什麼東西。

「跟阿哥去插隊落戶嘛！」丁少君戲謔地說。

「我沒有阿哥，只有阿姊。」

「我不是你阿哥嗎？」

「呸，滾蛋！」小妹向他噘起嘴，吐出一顆核子。

丁少君伸手揪住小妹粗粗的辮子，再不肯放手。

「噢喲喲，哎喲喲。」小妹誇張地叫著痛。

「還壞嗎？叫我一聲阿哥。」

「不叫。」小妹非但不叫，還握成拳頭捶丁少君。

圓鼓鼓的小拳頭捶在丁少君的胸脯上，一種極怪異的感覺從腳底陡然升起，一直升到頭頂，頭皮麻了一下。他伸過另一隻手握住小妹的手腕。

「放開我，放開我。」小妹叫著。

丁少君不響，瞪著小妹。

小妹不響了。

兩人不響，互相看著。然後，丁少君鬆開手，小妹轉身進了房間，房間裡關著燈。丁少君停了一下，也進了房間。

房間裡黑著燈，造紙廠的燈光從後窗照進來。小妹面向窗口站著，造紙廠的燈光沿著她身體的輪廓照亮著。丁少君站在她身後。

無袖的圓領衫裹著她渾圓的身體，領口露出一截渾圓的脖子，散著一些軟得像絨毛似的碎頭髮。丁少君站在她身後。

丁少君將一隻手放在她的背上，她的背在顫抖，有點汗濕。他咳嗦了一下，把手拿開了。

造紙廠的燈光照在他的臉上，他臉蒼白著，而後又緋紅，而後再蒼白。

她渾圓的肩頭露出在袖口，左膀子上，有一個圓圓的大大的牛痘疤。

她呼吸得急促，胳肢窩下面有一道神祕的線，微妙地起伏著。

丁少君咬緊牙關，閉住眼睛，抱住了她的肩膀。那肩膀徒然地掙扎了一下，不動了。他閉緊眼睛，死死地抱住那肩膀，再不鬆手，活像一個溺水的人抓住了一根木頭。

「將！」屋外一聲大吼，緊接著「啪」的一聲，棋子落地了。

靜默。

「操他的！」

譁然。

棋子「啪啪」地亂響，重新布局，重新靜默下來。

小孩兒在唱莫名其妙的歌：

「介許多蘿蔔，夾了一塊肉，醬油燒燒紅燒肉。」

造紙廠的燈光慘白地照在窗戶上。

丁少君閉著眼睛，腦袋沉重地擱在她的肩膀上。

那肩膀將息了一會兒，又開始掙扎。這一回，掙扎得很激烈。

不料這掙扎反使他亢奮起來，他懷著一種幾乎是快樂的惡意，更死命地抱住她。她目的極不明確地掙扎。最終，扭成了一團。

造紙廠的燈光寂寥地照著他們。

23

他低下頭，快速地從五號門口駛過。小妹站在門口，手裡端著一大碗泡飯，泡飯上有幾絲什錦菜，筷頭上挑著一小塊豆腐乳。她看著丁少君，一直看到他騎出支弄，看不見了。

他騎出弄堂，騎上馬路，騎得飛快。涼爽的風吹著他，他眨了眨腫脹著的眼睛。天高氣爽，太陽溫和明麗地照耀著一切。他忽然有些恍惚起來：

究竟是怎麼了？究竟發生了什麼？哦，他不知道。

駛過安定公寓。安定公寓在秋天的陽光裡，顯得年輕了一些。

他直起腰，垂下一隻手，只由一隻手掌把。他昂起頭，看看太陽，然後吐了一口長氣。

他決定去路小紅家。

碗店剛開門，在卸著排門板。

「路小紅——」他叫，騎在自行車上，一隻手扶著樹。這棵法國梧桐的枝葉，一直伸到路小紅家的窗戶前。窗戶裡伸出一根竹竿，一頭搭在窗台上，一頭搭在樹上，上面晾著路小紅的綠花襯衫，沒絞乾，一滴水珠正滴在他的臉上，涼涼的，心情似乎開朗了一些。

「路小紅——」他放開嗓門叫。

路小紅探出身子來，兩隻手撐在窗台上，伸出半個身子。她笑了，回過頭去叫了一聲什麼，又有一個人探出了身子，是陳志浩。

他把車子架好，靠著法國梧桐。然後走進店堂間。櫃台後邊果然有一扇小門，推開小門，裡面很暗，有一架窄窄的木樓梯。他沿著樓梯上去，上到一半，抬頭看看。看見樓梯上邊，是一方亮光。路小紅倚著那亮光站著，朝他笑著，兩隻嘴角寬寬地拉開著，然後微微地翹上去了一點兒。

「上來，丁少君，」路小紅歡快地叫著，「穿過店堂間，櫃台後邊有一扇小門。」

「我們正想去找你呢！」她說。

「有事嗎？」他問。

「當然有啦！」她說。

他上了樓。樓上是用板壁隔開的兩間房間。裡間是臨街的大房間，外面是廚房和吃飯間。陳志浩坐在小板凳上，幫路小紅揀雞毛菜。他也坐下來，一起揀起來。

「不要，不要，我自己揀。」她說，把雞毛菜籃子往自己跟前拉。

「反正我們坐著也沒事情。」陳志浩說。

「怎麼好意思叫你們做事情呢！」

「這沒有關係，我們沒有別的事情。」丁少君也說。

路小紅便只好讓他們揀了。

「到底是什麼事情呀？」丁少君問。

路小紅說：「陳志浩，你講。」

陳志浩說：「路小紅，你講。」

推來推去，還是路小紅講了：「我們三個人組織一個集體戶，一起去插隊。」

「總比和不認識的人在一起好。」陳志浩補充。

「也比和那些紅五類一起好啊！」路小紅說。

丁少君看看陳志浩，又看看路小紅。路小紅穿了一件紫花布的襯衫，魚白的長褲，繫帶的黑布鞋。夏日太陽曬黑的皮膚白皙了，清新得像一株蘭草。丁少君心裡很平靜。

「然後，我們商量在什麼地方插隊，商量好主動去報名，省得他們把我們亂分。」她說。

「你說好不好？」

「好的呀！」丁少君說。

「我早就說丁少君一定會說好。」路小紅對陳志浩說。

「其實我早就有這個想法了，只是因爲不曉得你們究竟怎麼想的，所以一直沒說出來。」

丁少君說的是實話。

「那眞是太好了，我們全想到一起去了。」路小紅很高興，又笑，露出雪白的牙齒。

「丁少君，你說我們到哪裡去插隊呢？」

「黑龍江，我們是去不了的，那是邊疆，他們要成分好的人。」丁少君開始說。

「對。」

「雲南，貴州，我想我們也別去了，那實在太遠。」丁少君又說。

「而且我爸爸說，那種地方天熱，潮濕，病很多，有瘴氣。」陳志浩說。

「什麼叫瘴氣？」路小紅不明白。

「就是痲瘋病吧！」

「哦！」他們都倒抽了一口冷氣。

「內蒙古更不可能去了，那裡要吃羊肉，我想你們都不吃羊肉的。」丁少君繼續說。

「不吃的。」陳志浩說。

「我只吃涮羊肉，用火鍋涮的。」路小紅說。

丁少君看看她，不由微笑了，他愉快起來：「然後，就剩下江西和安徽了。」

「去安徽吧，安徽近啊！」路小紅說。

「江西倒是吃大米的。」陳志浩婉轉地表示出異議。他倆都看著丁少君，等他投關鍵的一票。」

「各有利弊。」不料他只是總結了一句。

「江西交通太不方便了，都是山。」

「來上海討飯的，全是安徽人啊！」

「還是近好啊！」

「我們再回去和大人商量商量好吧？」陳志浩說。

「我隨你們，去哪裡，對我都無所謂。」丁少君說。

一籃子雞毛菜全揀完了，浸在臉盆裡，路小紅開始洗菜：

「中午，你們就在這裡包餛飩吃好嗎？」

「那怎麼好意思？」他倆同時說道，並且搖著手。

「這有什麼不好意思！」路小紅笑了，「這都是你們揀的菜，一起動手包，等於吃你們自己的。」

「你不要客氣。」他們又同時說，有點發窘。

「你們才客氣哪！」路小紅笑得更歡了。

他們不再說話，心裡卻很愉快。

路小紅開始剁菜，調餡，有條不紊地忙著。

「你家人到寧波鄉下去做什麼？」

「他們去參加外婆的大殮了。」

「你爲什麼不去？」

「這不是我的外婆，是弟弟的外婆。」

「哦——」

「不過，路小紅，你媽媽對你很不錯哩。讀書的時候，下雨天，她給你送傘呢。」丁少君說。

「你還記得？」

「我記得。」丁少君說。

「我倒不記得了。」陳志浩說。

「是呀，她對我很說得過去的。可是，到底不是親的，總是不一樣。」

「其實親的也就那麼回事。」丁少君說，說得有點沉悶。

「不，不一樣。比如，她從來不說我。我再不聽話，再做了壞事，她也不說我。對我總是客客氣氣的。自己媽媽哪有這麼客氣的。再比如，我的分配，她一言不發，從頭到尾，沒有說過一句意見。自己的媽媽怎麼會一言不發？或者留我，或者要我走，留弟弟，媽媽都應該說話。」

「她是很謹慎的，生怕別人說閒話，也怕你有什麼想法。」陳志浩說。

「是呀！要是自己的媽媽，就不會有那麼多顧慮了。」

「有些親生的爸爸媽媽，對孩子也是從來不管不問的。」丁少君說。

「不，你不知道，這是完全不一樣的。不是自己親生的媽媽，不是自己親生的孩子，再親也不是那種親。那種，好像是血液聯繫起來的，好像……我說不清楚。但我的感覺非常清楚。」路小紅用筷子挑起一小團餡，伸出舌尖，輕輕地碰一碰。然後又加了半調羹白糖。

「你也別老是去想這些事。」陳志浩勸她。

「我倒也不大想，不過，有時候，也還是要想。我的媽媽一定在，一定在。而且，好像，很遠很遠的時候，我們家裡有一個小姊姊。」她雙手按在放餡的盆邊上，站在那裡，出神地說。

「你別瞎想。」

「是呀，想也沒用。不過很奇怪，人總歸想知道自己的來路。」她笑了。

「你們家有沒有你媽媽的照片？」

路小紅轉過身，走進裡屋。過了一會兒，捧出一只鐵盒子。她把鐵盒子打開，裡面裝著幾張風景明信片，兩只水晶鑽的別針，一本塑面的日記本，一些玻璃絲編的小玩意兒：一條金魚，一隻蝴蝶，一朵花。她翻開日記本，日記本裡夾著一些嶄新的鈔票。她翻出半張照片。上面是一個男人。

「這是我爸爸年輕的時候。」

另一邊撕去了，只留下一綹頭髮。

「這是我媽媽。」她指著那綹頭髮。

他們倆都沒說話。看著那綹頭髮。

她不說話，看著那綹頭髮。

24

從電影院裡出來，天已很晚了。

這是第七遍看《平原游擊隊》。

他上了自行車，慢吞吞地踏著。沒吃晚飯，可並不餓。他想著：還有什麼地方可去？

沒有什麼地方可去了。

馬路上很暗，商店都上了排門板，櫥窗裡的燈全暗了。電影院裡湧出的人流，早已疏散，街上只有寥寥幾個行人，幾輛自行車。

上海如今是早睡的，似乎回到了日出而作，日落而息的日子裡。

他沒有地方可走。他只有回去了。

安定公寓沉默著，高高地矗立起，遮去一方天，顯得很跋扈。

他任憑車子自己向前滑行。終於到了弄堂口，又到了支弄口。他埋下頭，猛地一蹬車子，車子向前衝去，衝過五號門口，停在了自己家門前。

爸爸媽媽都睡了，在裡屋。外屋的方桌上，剩菜用紗罩罩著。他扒了一碗冷飯，泡點冷湯吃了起來。飯很硬，吃得很累。

門，輕輕地推開了，小妹悄無聲息地進來了，輕輕地走到方桌邊，自己拖出張方凳坐下了。

丁少君低頭吃飯，眼睛看著地。小妹的一雙圓鼓鼓的腳趿著一雙大紅塑料拖鞋，大腳趾頭很圓很胖。

「阿君，你今天到哪裡去了？」小妹問。

「到同學家去了。」他回答。

「男生還是女生？」她又問。

「女生。」他懷著惡意回答。

小妹不響了，一雙胖胖的手交疊著放在桌上，輕輕地搓著手背，手背上有一排淺淺的窩兒。

「你怎麼吃冷飯？秋涼了，要生病的。」小妹說。

「我熱。」

「這碗茄子好像有點餿了，不要吃它了。」停了一會兒，她又說。

「我吃吃饗好。」

「我是爲你好。」小妹賭氣地說，帶了一點幽怨。

「謝謝你。」他冷冷地說。

「這點小菜怎麼夠吃？我幫你煎只荷包蛋好嗎？」

「我已經吃好了。」他三扒兩扒吃完了飯，把空碗拿出去洗了。

小妹一個人坐在方凳上。窗外自來水嘩嘩地響，裡屋有鼾聲。

丁少君終於洗好了碗，進來了。他在碗櫥裡放好碗，然後說：

「我要洗澡了。」

「再等一歇歇好嗎？」小妹央求道。

「有什麼事嗎？」

小妹停了一會兒，然後說：「昨天你講，要我跟你去插隊，是眞的嗎？」

「不是的，我只不過開開玩笑。」

小妹說不出話來了，又停了一會兒：「其實，我們可以一起去插隊的呀！」

「可是，我們自己幾個同學已經組織好集體戶了。」

「幾個人？」

「三個。」

「有女生嗎?」

「有。」

「有幾個?」

「一個。」

「那麼,讓我也參加吧。兩男兩女,人家都是這樣的。」小妹抬起了眼睛。

「這怎麼行呢?我們和你是兩屆畢業生,兩個學校,完全兩條路道。」

「這怎麼不行呢?人家跨區的都有,跨學校有什麼不可以?」

「再說,這又不是我一個人能作主的,還有他們兩個人呢!」

「你去和他們說說嘛!謝謝你了,求求你了,叫你一聲阿哥!」小妹站起來,向他貼近過去了。

「真的不行。叫我阿爸也不行。」他想站開去一點,可小妹身上發出的一股熱烘烘的氣息,似乎懾住了他,他動不了了。

「讓我去吧,我去了以後,給你洗衣服,你的衣服我全包了。」她站他的下巴底下,昂起臉看他。

他低下頭,從她敞開的領口裡看見兩道神祕的曲線,他的心顫動了一下。

「叫你一聲阿哥。我是比你小，叫你阿哥也不吃虧的，是吧？」她伸手在他肩上拍了一下。

他粗魯地抓住她的手，把她拖到懷裡，抱住了。

她服貼地偎在他懷裡，一動不動。

他閉緊眼睛，咬緊牙關，狠命地抱住她。

「你把我弄痛了。」小妹輕聲叫著。

他則更緊地箍住她，似乎帶了一種復仇的快感。

裡屋傳出響亮刺耳的磨牙聲：

「枯嗞，枯嗞。」好像一把生鏽的鈍鋸在鋸木頭。

磨牙聲間著鼾聲。

他抱著她，忽然想道：

「明天就去和路小紅講，我同意去安徽。」

「我們一起說服陳志浩。」他想。

「然後，我們去報名，要快。」他想。

「要快啊！」他在心裡大聲地說。

第五章

25

天黑盡了。割豬草的孩子，在草箕子裡塞進最後一把豬草，準備走家了。

小龜子頭一個把草箕子上了肩，壓低聲音唬唬幾個丫頭：

「還不快走，豁牙巴子來啦！」

猶如驚弓之鳥，幾個丫頭子來不及把草箕子上肩，拖著就走。一個走不贏，落後邊了，急得哭了出來。啞巴家的小丫頭回過身去拽了她一把，一起跑了。跑進濃重的暮色裡了。

「快走，豁牙巴子來了。」

「快，豁牙巴子來了。」

她們在草箕子的重負下努力抬起頭，互相告誡著。

收過秋的田野，一望無際，黑沉沉地躺著，像是累了。

「快，豁牙巴子就在後頭。」

「小龜子，等等俺們。」她們在草箕子的壓迫下，努力邁動著細細的小腿兒。

收過秋的田野，呈現出疲憊的黃褐色，沉寂寂地躺著，一直躺到天邊。

豁嘴子背著兩人高的草箕子，一個人走在收過秋的田野裡。

豁嘴子背著一座小山似的草箕子，一個人走在黑沉沉的暮色裡。

地裡還有一個人沒走，還在割豬菜。

地裡還在割豬菜的是大志子。她是收過工了再來的，來得晚，只割了半箕子。豁嘴子從她身邊走過去，莽腔莽調地說了聲：

「還不走家？」

大志子抬頭，看見豁嘴子，嚇了一跳，拖了草箕子就走。走了幾步，回頭看看。豁嘴子彎著腰背著座小山一步一步地走，不覺有點可憐起他來，喊了聲：

「豁子，你背得太多了。」

豁子沒聽見，一步一步消失在暮色裡了。

天黑盡了，然後則亮了起來。天，黑透了，便藍了。深藍的天上，升起一彎新月。大志子抬頭看看月亮，兩手一蒙臉，撲通坐倒在地，哭了。

她輕聲嗚嗚地哭著，眼淚從手指縫裡滴出來，滴在收過秋的地裡。

一隻無名的秋蟲在叫，叫得十分單調。風貼著收過秋的地走過來，小草搖了兩下。

大志子擤了一把鼻涕，在草上抹了抹。抬頭看看天，然後站起來，背上半箕子草，走了。

莊子近了，已經聽到狗叫，小孩兒哭，一個娘們在罵。罵聲清晰了。是迎春子的腔，兩口子又幹仗了。

大志子走過大溝，走上村道。她的腳步不再拖沓，腰直起了一些，臉色十分平靜。

有人蹲在台子上吃飯，向她招呼：

「來吃，大志子。」

「不了，就吃了。」她平靜地回答。

她走過去，走上台子，進了家門。她丟下草箕子，把案板往屋中央放一放，端出一碟臭豆子，又到鍋屋盛稀飯。手腳麻利，一眨眼就安置了飯桌。

她大她娘坐在案板邊，抽著菸袋。她大把菸袋往地上磕磕，罵了聲：

「我日他奶奶的，小鬼孫！」

她娘不吱聲，抽著旱菸袋。

「騷的啥！不就當上了幹部嗎？還不知日後咋樣哩！」

「她大，小聲點。」她娘阻止道，「叫人聽見了，還覺著咱家閨女嫁不出去哩。」

「我揍他個婊子養的！」她大還罵。

「他看不上咱，咱還看不上他哩。」她娘勸道。

「俺大俺媽，吃吧！」大志子端起一碗稀飯，慢慢地喝起來。

她大端起了碗，她娘也端起了碗，小龜子早已喝得「稀里哈啦」的了。一時上，屋子裡一片喝稀飯的「唏溜」聲。

忽然，她娘把碗朝桌上一擱：「俺不能叫人家這麼擺乎，說成就成，就算就算，俺也得發表發表意見。」

小龜子齜牙咧嘴地作出一個不屑的表情：「咦唏，俺娘說的啥詞兒！」

大志子也跟著笑了一下。

「你給我蹲一邊兒去，」她娘搡了他一下，接著說，「我要去鮑莊，大志子，你跟娘一起去。」

大志子怔了一下，然後說：「那成什麼話了。這是俺大俺媽作主的事兒，我去算幹啥的！」說完端著碗出去了。

「孩子說的在理，我看你是糊塗了。」她大說。

「我是氣糊塗了。」她娘說。

吃過飯，她娘換了身海昌藍褂子，往鮑莊去了。

大志子站在鍋屋門口，看著他娘一個人下了台子，走上大路，走了。

「這麼晚走親戚去啊！」有人招呼。

「哎，哎！」她娘敷衍著。

豬在圈裡「呣呣」地叫著。

大志子望著黑乎乎的村道出神。

有人從大路上來，上了台子，直走到她跟前：「大志子姊！」

「死鬼勉子，嚇唬我做啥？」大志子拍著胸脯。

「大志子姊，壞了！」小勉子神情十分嚴肅。

「咋啦？」大志子又吃了一驚。

「聽俺大俺媽說，要給我說婆婆家了。」

大志子噗嗤笑出了聲：「這有啥壞了的。」

「是俺表姊那個莊的，明兒俺表姊就要帶那婊孫來了。」

「你怎麼罵人哩？」

「咦唏，我給你說正經事哩。」

「做閨女總不能一輩子。」大志子告誡她。

「我又不認識他，憑什麼要我和他過。我憑什麼和他過！」小勉子急得跳腳。

「你咋老說憨話哩！你憨了！」

「我一點不憨！我不認識他，我不！」

「都是這樣的，憨丫頭，都是這樣的。」

「我就不！」小勉子跺跺腳，轉身又跑了。

「這丫頭瘋了。」大志子給攪得暈了一下，半晌沒醒過神來。

她沿著門框慢慢蹲下去，瞪著黑乎乎的村道。

風吹過大槐樹，沙沙一陣響。有人在插門，門槓子在響。小孩兒睡醒了一覺，吵奶吃，胡攪蠻纏地哭。一架平車軲轆轆地從村道上過去，趕夜路的，狗吠了幾聲，又停了。

大志子眼巴巴地瞅著大路。

月亮到中天了。

26

滿意子進城賣了一趟紅芋，帶回來一個消息。

河那邊，出叛黨了。一夥子閨女小子，組織了一個什麼「民意黨」，選了主席、副主席、委員、委員長，座次全排滿了，定了章程，就等著搶班奪權哩。這天，正開著黑會，叫人全逮了，一網打盡，全押進了大獄。過幾日就上公堂，進法場了。

滿意子在城裡，看見開批判大會了，城南體育場，幾百畝地的地方，全坐得滿滿的，人山人海。那夥「民意黨」，在台上站了一長溜，還有個閨女哩。那閨女低著頭，看不見臉，只看見一頭漆黑漆黑的頭髮，頭頂上挑了個圓圓的箍，整整齊齊，俐俐落落。還是個頭哩，說是排了個副主席。

「這朝廷就能反了嗎！這不是找死！」劉延台大爺跺著腳。

「他們是吃飽了撐的。」啞巴男人說。

「那是野心！」滿意子糾正他們。

「眞正是心野了。」劉延台大爺同意說。

「這是階級鬥爭，」大隊書記說，「階級鬥爭可厲害哩，人頭落地的事兒。」

「嘖嘖。」

「咦唏──」

大隊書記從兜裡掏出一支菸捲，點上，然後說：「延台大爺，你可記得『和』字輩裡，有個叫劉和秀的嗎？早年就離開了大劉莊。」

「劉和秀？小名叫什麼。」延台大爺努力回憶著。

「那上哪知道。」

「去問他自個兒不就得了。」

「他早已死了，他的後人叫劉延平，如今在上海。」

「上海？」

「劉延平的閨女叫劉業蘭，如今中學畢業了，派著下鄉了，她就想回老家來。」

「要眞是俺大劉莊的人，當然得讓她回來。」

「天下姓劉的可太多了。」

「天下姓劉的都是大劉莊的杈上分出去的。」延台大爺說。

「輩份倒是對上了。」書記也承認。

「我記得，那年，民國初年吧，先是旱，後是水，大劉莊有一撥人是往東南方向跑的，去了再沒回來。」

「哦。」

「要去問小勉的老太爺。」延台大爺提議。

「又瞎又聾的，能記著啥事？」

「人老了，早年的事記得才清呢！你看我，昨晚放的鐮刀，今早就找不見了。可是早年的事，跑反啦，要飯啦，我連哪會兒尿褲子都記得，怪不？」延台大爺說。

果然，小勉子老太爺記著。

「劉和秀——」他蹲在牆根曬太陽，下巴抵在胸脯上，顫微微地說，「可會是大秀子？……那年，旱了七七四十九天，又下了七七四十九天，澇啦！天都泡黑了，哪還有個莊子？成汪洋大海！只有西頭台子上的大槐樹的樹梢梢啦！樹梢上爬了幾十隻老鼠。都跑啦！跑得贏的都跑了，跑不贏的就泡水裡啦！朝南跑，朝北跑，俺們一幫子跑到蚌埠去啦！在蚌埠站上爬煤車，一撥子人爬上了，一撥子人沒爬上，散啦！大秀子，可是個要強的人，煤車已經開了，他攆著車跑，硬是叫他爬上了。說起來，你們該叫他『三爺』，我該叫他一聲哥。」

「大劉莊上還有誰家同他沒出五服？」

「出了，都出五服囉！大劉莊像棵大槐樹，發杈發得多。嗨，大劉莊……」

「他的後代還在哩！」

「他人死了，自然沒得後代囉，可憐啊……」

「他孫女兒要回大劉莊哩！」

「嗨，走的走了，回來的回來了，大劉莊沒了。回來的回來了，大劉莊又有了……」他自個兒咕噥著。秋日的太陽乾爽爽地照著他，他咕噥著瞌睡了。

他家堂屋裡坐著客，小勉子的表姊和一個陌生人。

27

「平子，你大給你幾件塡箱？」

「十件。一件襖算兩件，一裡一面。反正，過去以後，三年，別開口要衣服了。」

「那不一定，興許碰上好年成；他家沒女孩子了，興許老婆婆疼你。」

「大志子，我捶衣服老把鈕子捶碎。你看我這褂子，鈕子只剩半個了，都叫棒槌打碎了！」

「你看我，我把鈕子一把拽在手裡，由著棒槌打了。」

「可不！」

棒槌聲清脆地「啪啪」響著。

剛下了一夜雨，塘裡的水碧青。

「大志子姊，『民意黨』到底是咋回事？」

「說是偷聽外國的廣播哩。」

「要是百歲子在就好了，問他他準知道。」

棒槌落在含了一包水的衣服上，「啪啪」響。

小勉子來了，什麼也沒拿，走到她們跟前，蹲下了：

「那人我見了。」

「誰人？」她倆不明白。

「那個他。」她簡潔地說。

「你看了？」

「咦唏，我一看他就煩了，兜心底裡煩。」小勉子哭了起來。

「他咋啦？」

「他不咋啦，我煩他。我不幹。」

「你大你娘咋說？」

「我大我娘喜歡他，他們和他過去，別拉我下火坑。」

「怎麼是拉你下火坑？」大志子笑了。

「我煩他，我根本不認識他。」

「不認識就煩啦？」

「不認識就煩了。」

「你能在家當一輩子老閨女？」

小勉子一甩眼淚，賭氣說：「大志子姊，你不在家當老閨女了，又咋啦？」

大志子的棒槌落到水裡去了，三撈兩撈沒撈起來，漂到那頭去了。豁嘴子在塘那頭洗豬菜，穿著衣服跳下水，撈起了棒槌。然後划著水游到大志子跟前幾步遠，把棒槌使勁一送，轉回頭游走了。那頭榆樹林子裡，坐著個憨子，一個人在抓石子玩。

平子幫大志子接過了棒槌，在小勉身上捶了一下：「誰當老閨女？你想當就自己當，別拉著人家。」

小勉子站起來，跑了。

平子看看大志子，小心地問：「大志子姊，鮑莊的事咋啦？」

大志子笑笑：「還那樣。」

「那樣」究竟是哪樣，平子不好意思再問了。

「好好個白褂子洗烏了。」大志子把褂子在水裡涮著。

「要有胰子就好了。」

「百歲子給過我一小塊胰子，洗的衣服多鮮亮吧，像新的一樣，氣味才好嗅。」

塘水被衣服攪得嘩嘩響。鳥叫。一隻麻雀，大膽地跳到塘邊，一跳一跳蹦著。

「俺爺爺說，誰要看見麻雀兩條腿叉開走，誰就有大福。」平子說。

「世上興許根本沒有兩條腿叉開走的麻雀。」

「世上興許根本沒有大福大壽的人。」

麻雀跳著跳著，「嘟」一下飛走了。

身後，悄悄走來一個人，走到她倆下水，蹲下了，倒出一大籃席子，低頭洗了起來。

「迎春！」平子小聲說。

「嗯哪！」大志子應。

「她生了個丫頭，叫小牛打了一耳巴子。」平子壓低聲說。

「迎春！」大志子叫迎春。

迎春轉過臉，總有點發窘：「你倆哪！洗衣服？」

「洗席子哪？」

「嗯哪。」

「你沒滿月咋就下地？可別落下病哩！」

「不礙事。」迎春眼圈紅了一下，又微笑了一下，「生個丫頭就不能那麼值錢了。」

「生丫頭咋的？丫頭不是人？」大志子不由氣起來。

「你知道，小牛家是四代單傳，我得給他生兒。」迎春抬起頭，她的臉上呈現出一種堅定而又神聖的表情。

「這是不由人的，迎春。」平子說。

「我不信，我迎春沒有生兒的命，我得給他生兒，我得讓他家這條根傳下去。」迎春笑了一下，又低頭洗席子。

「迎春！」她倆不約而同地叫了一聲，兩人重新看著迎春，像是不認識她似的。

迎春臉有些浮腫，褐色的斑點還沒褪盡。辮子剪了，齊耳根剪平，夾在耳朵後面。說話不嫌害臊了。她眞成了個娘們了。她確確實實成了個娘們了。

平子、大志子望著她，不由地有些肅然起敬。

豁嘴子把洗淨的草重新塞進草箕子，塞了滿滿、滿滿一箕子。他背上肩，站了幾下才站起來。走了。憨子從榆樹林裡走出來，背著個空箕子，裡面放了兩把鐮刀，跟在豁嘴子屁股後頭。走了。

太陽下去了，留下一片金光。他倆相跟著，走了。

28

吃晚飯的時候，小勉娘跑到了大志子家：

「俺家勉子在你家嗎？」

「沒有。」大志子回答。

「傍黑時，你沒見她嗎？」

「見了，俺們在塘邊洗衣裳時，她來蹲了一會兒走了。你到平子家看看去。」

小勉娘走了，到了平子家：

「平丫頭，你見俺家小勉了嗎？」

「傍黑時，在塘邊見了，過後就沒見。」

「這丫頭死到哪裡去了？」

「你到滿意家去看看。」

小勉娘到了滿意家。滿意娘叫她去迎春家看看。

小勉娘到了迎春家。迎春娘叫她去小牛家看看。

小勉娘到了小牛家。迎春娘叫她去東頭看看。

小勉娘到了東頭，東頭叫她去西頭看看。

小勉娘到了西頭，遇見啞巴，啞巴對她說：

「哦，哦，哦——」伸手東指指，西點點，像是知道。問她，她卻只能說：「哦——哦，哦。」

小勉娘一屁股坐倒在地上，兩條腿搓著地哭起來了。書記來了，延台大爺來了，小姊妹們來了，小子們也都來了。書記讓大夥兒分頭去找。

南湖裡一路子。

家後一路子。

縣城方向一路子。

留下老的小的，在大劉莊，莊前莊後找。

小勉子就是根針，也擋不住這般找。

上半夜，南湖裡的一路人回來了。他們走出有十里地了，直走到那埋了七個新四軍的地方，看見墳頭一團綠瑩瑩的鬼火滾過來，嚇得不敢往前了。

家後的一路也回來了，會水的下塘裡摸了一遍。小學校的耕讀老師對著天拉二胡，問他見沒見個閨女過去？他不說話，只是搖頭，手裡拉著弦子，拉著哭喪調兒。他城裡那個同學把他給甩了。

後半夜，往縣城去的那一路子回來了，是三三兩兩回來的。讓電影院散場的人沖散了。找了這個，等那個，再也湊不齊了，就這麼三三兩兩地回來了。

留下的老老小小，莊前莊後叫得嗓子都沒聲了，一莊的狗都驚了起來。

小勉子像是鑽到地底下去了，沒了。

她娘又坐倒在地上哭了。

書記把小姊妹們叫攏來，盤問：

「在塘邊，她對你們說什麼來著？」

「她說她煩。」

「煩什麼？」

「煩那個男的。」

「什麼男的？」

「給她說的那女婿。」

「她憑啥煩他？」

「她說她不認識他。」

「不認識就煩了？」

「不認識就煩了。」

「她還說什麼？」

「她哭哩。」

「這丫頭子。」

書記又招來割豬草的孩子們：

「你們見沒見小勉子？」

「沒有。」他們一齊搖頭。

「小勉子認識嗎？大眼睛，黑乎乎的。」

「認識，她好罵俺『鬼孫子』！」一個小孩兒說。

「沒見她從湖裡跑過去嗎？」

「沒有。」

「再想想。」

「沒有。」

等小孩兒都散了，書記才見還有個豁嘴子站在跟前。

「豁牙巴子，你見她了沒有？」

「見了。」

「她往哪兒跑了？」

「她往西邊跑了。」豁嘴子說話漏風，「嘶嘶」的。

「跑哪兒去了？」

「她跑得快，我跑得慢，我背著一大箕子草。」

「你見她往哪兒去了？」

「她跑著跑著就不見了。」

「你眼瞎啦？」

「太陽扎我眼了，晃得我看不清。她往那最扎眼的地方跑的。」

書記莫名其妙地看著他，他也莫名其妙地看著書記。

29

鮑莊的人來了，給大志子帶來一塊手錶，作爲賠禮。

鮑莊的人說：「他大他娘都不願意他哩！打信到他部隊上去說，他要不應下這門親，他大就上金華，帶他回家。他大不稀罕他當幹部，他大要他回家掙工分，娶媳婦，生兒。」

鮑莊的人還說：「他娘氣病了，兩天不吃不喝，睡在床上，只是哭。」

然後，鮑莊的人看看低頭納鞋底的大志子，又說：

「他娘想叫丫頭去住上幾天，他娘想丫頭哩。」

他大從嘴裡拔出旱菸袋，慢悠悠地說：「那成啥話了！還沒過門，哪能上婆家住。」

「其實，他娘也沒好意思開口，見他娘想丫頭想得可憐，我就多了個嘴。」

「他娘究竟是個啥病？」大志子娘問。

「還是連氣帶急，不能吃飯哩！」

「不能吃飯可不好。」兩個大人都有點緊張。

「要是丫頭子去看看，保管就能好起來。世上的病，十之八九是心病。」

「這倒是。」

「再說，丫頭子這麼一走，這事就算是成了。」

「看你說的，俺又不想巴結他鮑家。」

「我是說說的，你別往心上去。」

「他娘的病倒是怪焦心。就是鄉裡鄰裡，也該去瞧瞧才是。」她娘說。

「大志子，你看咋辦？」她大問大志子。

大志子頭也不抬：「咋問我？我還不是隨我大我媽。」

「那，你去住上幾天吧，丫頭。」

「管。」大志子頭垂得更低了，頭髮垂下頭，遮住了臉。

「你住上幾天，給你鮑大娘端個茶，送個水，要盡心。」

「管。」大志子掠了一下頭髮，露出緋紅的臉。

「你去了也別惦著家裡，等你鮑大娘病好了，再回來。」

「管。」

「你去了，舉止行動要穩重，別讓鮑莊上的人見笑了。」

「管。」大志子抬起了頭。臉上的紅潮漸漸褪去，神情開朗了許多，很平靜。

吃過晌飯，大志子就開始打點包裹了。收了幾件換洗衣裳，一雙鞋，收了半塊胰子，是那年百歲子送的，沒捨得使完，收了一雙給她大備下的鞋靠子，她要給他納一雙底。最後，她從三屜桌的抽屜裡找了一本紅皮子的《毛主席語錄》，那是頭兩年興忠字台時備下的。

她把《毛主席語錄》揣在懷裡，悄悄地出門，抹過彎，往家後去了。

她走在家後收過秋的地裡。太陽很溫和，風很溫和，她心裡很明淨。

小學校的耕讀老師正趴在灶底下燒鍋。豆稭子受了潮，熏出一屋子的煙。她邁進去接過撥火棍，三下兩下，撥開了豆稭子，火「蓬」的著了，煙慢慢散了。

「先生，」她紅著臉叫，「你能幫俺一個忙嗎？」

「有什麼事儘管說。」老師詫異地看著這個大姊妹，不明白是咋回事。

「你教俺識字吧！」

「你要識字？」老師更加吃驚。每日裡，他動員小孩兒來上學，動員得煩死了，累死了。來了這個，跑了那個。

她從兜裡摸出那本《毛主席語錄》：「現在就教吧，從第一篇教起。」

他接過《毛主席語錄》，怔著。

「我一天學五個字，一年是多少字啦？」

「一千八百二十五個字。」耕讀老師速算出了答案。

「有那麼多？」她笑了一下。

「有那麼多！」

「往後你別醃鹹菜了。我從我家挖給你。我家醃得多，蒜瓣子，臭豆子，每年吃不完。」

灶裡的火燒旺了，火光映在她臉上，紅艷艷的。鍋響了，咕嚕咕嚕地唱起來了。

30

扒紅芋的日子。

抓鉤刨開了紅芋趟子，一大嘟嚕一大嘟嚕的紅芋躺在刨開了的紅芋趟子裡。

男人在前面刨，女人在後邊拾。

紅芋趟子一直接到天邊，天是藍的，沒有雲。天像個藍色的蓋，罩著紅芋地。

紅芋地邊上走來一個人，一個人朝紅芋地走來了。這個人走路腳抬得低，搓著地，不時鏟起一塊小石子，小石子踢到了路邊。這個人走到紅芋地邊上站住了，看著扒紅芋的人們，眼光在搜尋著什麼。

這個人破衣爛衫的，鞋子露出腳趾頭，膝蓋、胳膊肘全露在外面。頭髮好長，臉墨黑，像剛從地底下鑽出來的。肩上搭個被窩捲，被窩捲和他的臉一樣，又黑又髒，認不出色了。

他站在地邊上，慚愧似地微笑著，眼睛望著扒紅芋的人們，像在找人。

扒紅芋的人們看見了他，直起腰，好奇地並且帶著一點敵意地看著這個外鄉人。

他羞愧似地微笑著，臉黑，襯得牙白得晃眼。

滿意子失聲叫了起來：

「百歲子——」

百歲子羞愧似地微笑著，站在那裡。他老爹踉踉蹌蹌地跨著紅芋趟子，過來了。到他跟前，就坐倒了，抱住他的兩條腿，「嗚嗚」地哭了起來。

百歲子不說話，仍然放開目光找什麼，也許最後沒找到，他開始悵惘起來。

他老爹「嗚嗚」地哭著。百歲子低下頭看著老爹，一言不發。人們望著他，站在紅芋趟子的這一行，那一行，紅芋趟子一直接到天邊。碧藍的蒼穹接著紅芋趟子。

第六章

31

「弟弟，你們幾個同學一道去插隊，生活安排，一定要商量好。」姆媽囑咐陳志浩。陳志浩穿著毛線衣在拖地。

「好的。」

「再要好的同學，經濟上一定要算清楚，不要混在一道。」

「有時候，很難分得清楚。」

「總有辦法，一定不好打混帳。各人是各人的。話講在前面，也許不好聽，不過，最終，倒不會傷和氣。」姆媽堅持著。

「好的。」

「我和你哥哥姊姊商量，給你帶一百斤大米去。你看情況，有時候開開小灶。」

「這麼多人，獨獨我……」

「我不是和你說了嗎？要分清楚，要講清楚。」

「其實用不著。」

「六穀粉，山芋粉，你一定吃不慣的。」

「吃吃會得習慣的，安徽地方又不是沒有人住。」

「你好和他們那些人比嗎？你是上海人……」姆媽忽然哭了。

陳志浩慌了，拉著拖把站在那裡，呆了一會兒說：「姆媽，你不要這樣，插隊落戶人人去，又不是我一個人去。」

「弟弟，你就不好賴一賴再說，他們總不會用棒頭來趕。」

「姆媽，不好的。眞的，大家都去。」

坐在旁邊的爸爸發言了：

「你不要這樣子講。說穿了，我也不是上海人。想當年，我一條薄被頭一捲，跟了一隻烏篷船從鄉下出來，獨身一人到上海，還沒有弟弟現在大呢。」

「就是呀，姆媽。」

「人要吃點苦頭的，否則不曉得天高地厚。尤其是男小孩，不吃苦頭，不會有大出息。想我當年啊，唉，不談了。眞正是八面來風：工人要加工鈿罷工，外國貨進來搶市場，大廠要吞併，地痞流氓來敲竹槓……人要稍許鬆一鬆牙齒，立時三刻就倒了。」

「你不要翻你的老帳了。我不要他有什麼出息，如今有什麼事情要他去擔肩胛？我只要他太平，不要離開上海。」

「再退一步講，上海也不是天上落下來的，最早的時候，上海是一片蘆葦蕩，像《沙家濱》（編按：以上海陽澄湖畔沙家濱爲故事背景的大陸樣板戲）一樣的。就講我們安定公寓吧，幾十年前，還是一片爛污泥漿。」

「你又要翻老帳……」

「老帳是要翻翻的，憶苦思甜嘛！」

姆媽和陳志浩都給逗笑了，爸爸倒正經起來：

「這座公寓過去叫丁氏公寓。十六鋪丁家，上海灘上赫赫有名。女兒出嫁，嫁妝排了十幾里長。但是子孫後代只曉得吃喝玩樂，二十年裡，就一敗塗地。如今，丁家門裡可能已經沒有一個人了，反正是一點聲息都沒有了。」

姆媽不響了。

「我十四歲到上海，眼看了多少人家敗掉，又眼看了多少人家興起。主要一條，就是看人的奮鬥精神。要能屈能伸，能上能下……」

有人敲門：「陳志浩。」

陳志浩跑去開門，見是丁少君。

丁少君伸頭朝屋裡張張，說：「你阿爸姆媽都在？」

「不要緊，進來好了。」

「你出來一下好嗎?我有件事情給你講。」

「好的，等一等噢。」陳志浩進門穿了件兩用衫出來了。

兩人站在安定公寓前的空地上，宣傳台已經拆去，留下一片空地，寬敞得有點不慣。

「什麼事情?」陳志浩問。

「不曉得你願不願意幫忙。」丁少君看著陳志浩。

「能幫忙的當然盡力而爲。」陳志浩看著丁少君。

「你是能幫忙的。」丁少君轉過頭去，看馬路上的公共汽車。

「那我一定效勞了，沒有話講的。」

「你，能不能，幫我，和路小紅講講。」丁少君呑呑吐吐起來。

「講什麼?」陳志浩有點心跳。

「你和她講講，我，她。她願不願意，和我……」丁少君抬起頭，看了陳志浩一眼。

陳志浩臉紅了。

「我想和她……」

「你，爲什麼自己不和她去說呢?」陳志浩終於說出一句話來。

「我也這樣想過，可是，一到她面前，就說不出話來了。」

「你爲什麼要我去同她說呢？」陳志浩又問了一句。

「因爲，我們是好朋友。」丁少君看了他一眼，「而且，我看你和路小紅也挺不錯。」

丁少君又看了他一眼，他的眼睛裡掠過一道狡黠的光。

「這——」陳志浩爲難了。

「幫個忙吧！」丁少君重新看著他，眼睛裡充滿了熱望。

「這種事，很難開口的。」他雙手插在褲袋裡，低著頭，看腳下一片碎瓦片。

「幫個忙吧！」

「我從來沒做過這種事。」

「幫幫我吧！」丁少君看著他，眼光裡漸漸含著悲哀。

陳志浩心軟了，抬起頭說：「好吧，我試試看。」

「謝謝你了。」丁少君高興地拍了他一下肩膀。

「我幫你去講，成不成就不負責了。」

「那當然。還是要謝謝你。」

「就這事？」

「就這事。」

「進去坐坐吧。」

「不要了，再會。」

陳志浩回家了。丁少君站在安定公寓前，瞇起眼望望最高層，太陽照耀著安定公寓。

32

「到公園裡去走走好吧？」陳志浩對路小紅說。

「爲什麼要到公園去？」

「我有話要和你說。」

「又要問我對你有什麼意見了？」路小紅笑了。

「不，不，是別人的事。」陳志浩理直氣壯起來。

「噢，原來是別人的事。」

陳志浩不明白她的意思，怔怔地看著她。

於是，他們來到了公園。

葉子落了，草坪黃了，公園裡有點蕭條。陽光是暖的。老人在打拳，小孩兒坐在童車裡曬太陽，媽媽坐在旁邊織毛衣。

路小紅和陳志浩走在水泥道路上。一時上不曉得說什麼，拘謹地沉默著。

「今天天氣蠻好的噢?」路小紅開口了。

「蠻好的。」陳志浩響應。

兩人相隔了一段距離地走著，看著地，地上有他們的影子，一個高，一個矮。

雲飄過來，遮住了太陽，影子沒有了。

「冷颼颼的。」路小紅說。

「蠻冷的。」陳志浩說。

「冷得蠻適意的。」

「是蠻適意的。」

雲過去了，太陽出來了，影子出來了。

「你到底有什麼話要對我說?」路小紅看著陳志浩，耐不住了。

陳志浩看看路小紅，從她眼裡看出一絲期待，他不懂這期待是爲什麼。

「到底是什麼事情?」

「事情是這樣的，怎麼說呢?」

「隨便怎麼說，說清楚就行了。」路小紅鼓勵他。

「這樣說吧。你覺得丁少君這個人怎麼樣?」

「你問他做啥?」路小紅看著陳志浩。

陳志浩看看路小紅，從她眼裡看出一絲失望，他不懂這失望是爲什麼。

「你問他做啥？」

「你對丁少君有什麼意見嗎？」

「我沒有什麼意見。」

「那麼，你願不願，和他……」

「和他什麼？」

「他想和你……」

「和我什麼？」

「就是那個。」

路小紅不說話，臉紅了。

「他是一個很好的同學。」

「他爲什麼自己不來和我說呢？」路小紅問。

「他到了你面前，就開不了口了。」

「你爲什麼要幫他和我說呢？」

「他請我幫忙。」

「你爲什麼要幫他這種忙呢？」

陳志浩說不出話來了，抬頭看看路小紅。

路小紅正看著他，等他回答。

「我覺得他是個挺好的同學。」

「這種事情應該自己來講的。」

「是這樣，可是……」

「這種事情別人是不應該幫忙的。」

「是這樣，可是……」

「可是什麼？」

「如果你不願意，我可以去和他講。」

「不，我沒有不願意，我可以和他試試。」

「哦。」

「既然，他已經開口了。」

「是這樣。」

「至少，他通過別人向我開口了。」

「是這樣。」陳志浩輕聲說，他有點沮喪。

「你覺得怎麼樣？」路小紅向他徵求意見，似乎有點嚴肅。

「他是個挺好的同學。不過，我應該老實告訴你，丁少君的心胸有點狹隘。『文化大革命』以前，他對我從來都有一種莫名的敵意。可自從我們家搬到汽車間裡去了，他卻對我熱絡起來，常常來。他從來不邀同學上他家去玩，也不願談自己的父母。其實這有什麼呢？」

路小紅注意地聽著，眞正地嚴肅起來，一聲不響。

陳志浩不說話了，沮喪地低下了頭，看著地，地上有一片碎瓦片。

太陽在雲裡出沒著，他們的影子忽隱忽現，像是玩魔術。

「回去吧！」路小紅說。

「再走一圈吧，難得的。」陳志浩說，他悲哀地想到：以後再不會來了。

33

「阿君，你到哪裡去？」小妹追在丁少君的車子後邊。

丁少君的自行車蜿蜒在崎嶇的弄堂裡：「到同學家去。」

「男生還是女生？」

「男生。」他敷衍她。

「到底什麼時候報名啊？」

「還沒決定去哪裡呢！」他騎出了支弄，拐上了大弄堂，車速加快了。

「你一定要幫我報個名。隨便什麼地方我都去，江西，安徽，黑龍江，雲南……」小妹漸漸追不上了，大聲地叫著，帶著哭音。

丁少君咬咬牙齒，一蹬踏腳，飛快地出了弄堂。

碗店還沒開門，路小紅下樓開了門，帶他進去了。

他跟在路小紅身後，走上幽暗的木梯子，走進木梯子上頭那方亮光裡面。

路小紅穿了一件綠色的毛線衣，白襯衫的領子翻在外面。她在揀薺菜。她從籃子裡揀起一棵薺菜，抖抖泥，然後用一把小剪刀在根上剪了一下，老根連著幾片老葉掉了下來，薺菜頓時顯得鮮嫩乾淨了許多。然後把它放在一只面盆裡，面盆底上畫著兩條金魚。

他坐在路小紅對面，看她揀薺菜。

「你們家誰燒飯？」路小紅問。

「爹爹燒，他長病假在家。」

「什麼病啊？」

「肝炎。」

「啊！」

「他已經轉慢性了，不傳染的。」他趕緊說。

「不是。我的意思是，那要當心啊！」

「是啊，這是富貴病，要多多吃營養才好。」

「唉。」路小紅眞心地嘆了一口氣。

「要是爹爹不生病，就是媽媽下班回來燒。」

「你們家兄弟姊妹多嗎？」

「五個。」

「喲，那麼你們家一定很熱鬧，很開心。」

「並不是。我們兄弟姊妹之間，不太搭界的。」

「爲什麼？」

「也不知道爲什麼。我們家就是這樣，自管自，吃飯也不大坐在一起，誰到了誰吃。」

路小紅抬頭看著丁少君。

丁少君低頭看著薺菜，薺菜上沾著泥，也沾著水：「我們家一點也不開心，眞的。我們都自顧自的。有時候，我看看我們家那種死相，眞有種樹倒猢猻散的感覺。」

「你不要這麼悲觀。」路小紅安慰他，她看著他的手。

他的手交織在一起，手背上露出青筋：「你發現沒有？學校開家長會，我的家長從來不到的。他們從來不管我們。學生手冊家長簽名這一欄，都是我自己簽的名。」

「可是你很爭氣，學習總歸很好。」

「像我這種人，學習再不好一點，就更加沒人看得起了。」

「並沒有人看不起你。」

「有的。」

「沒有。」

「就是有的。」

「就是沒有。」

「有名有姓的。」

「你說出來聽聽。」

「陳志浩！」

「陳志浩？」

他不說話。

她也不說話。過了一會兒，她說：「你既然不喜歡他，爲什麼還要讓他和我說……」

「因爲，我看你和他挺好。」他坦率地說。

路小紅驚愕似地看了他一眼，不再說話。

薺菜漸漸遮住了金魚，堆了起來。她的手指細長而結實。

「說句老實話，陳志浩對我雖然客客氣氣，心裡是看不起的。」

「你不要這樣想。」

「是這樣的，你不曉得。都是這樣。我爹爹表面上總要和我搭三搭四，像是很親熱，可是心裡很冷的，他居然連我們現在一片紅插隊落戶都不曉得。滑稽吧？」

「丁少君，不是所有的人都是這樣的。」

「這個，我也曉得。否則，我不會和你講這些。」

路小紅抬頭看看丁少君。他的臉頰上發了許多青春痘，有幾顆已經感染，紅腫著。

丁少君盯著薺菜看，薺菜堆在紅面盆裡，更加顯得碧綠。

「假如你信任我，你有什麼話可以和我講。」路小紅輕聲說。

丁少君抬頭看了她一眼，眼眶濕了。

薺菜碧綠地遮著她的手指。

丁少君說不出話來，喉嚨哽住了。

「不過，你也不要那麼恨陳志浩，他不是那種狹隘的人。」

喉嚨口疏通了，他說：「我不管他的事。」

「我們一起去插隊落戶，我們三個人要搞好關係。」

「我不是搬弄是非的人。」

「丁少君，你幫我把那只碗遞過來。」

「是這只嗎？」

「那只，大的，對了。」

他把碗遞給她時，碰到了她的手指。可他很平靜，心裡沒有一點騷動。

「還要拿什麼嗎？」他很樂意爲她做事。

「不要了，謝謝。」她笑了，露出雪白的牙齒。

「我看地板有點髒，我幫你拖拖地板好嗎？」

「這是弟弟的任務，有人搶他的生意，他會不高興的。」她笑得更樂了。

「那麼，等你揀好薺菜，我去倒垃圾。」他把畚箕往跟前拉拉，好像怕被人搶去似的。

路小紅笑彎了腰，笑聲清泠得像流水。

丁少君也笑了，可他忽然發現笑聲裡似乎間著一種哭腔，小妹的哭腔：

「你到哪裡我都去，安徽，江西，黑龍江，雲南……」

他的臉色又陰沉了下來。

34

錦江飯店門前的長廊裡，擠滿了人。有的站著，有的坐著，坐在長廊的台階上。長廊裡擠不下了，就站到馬路上來，坐在街沿。

他們三個人坐在馬路邊上。

錦江飯店裡住著各路來帶知識青年的幹部，安徽的，江西的，黑龍江的，雲南的……樓下接待室裡只有一個電話與裡面聯繫。來訪者交條子給接待員，由接待員依次給裡面服務台打電話，就像打長途電話似的。

他們的條子遞進去有一個小時了，至今沒有回應。不曉得他們的條子輪沒輪到聯繫；不曉得接待員找沒找到人；也不曉得那人在沒在裡面。

「帶隊的人一定住在這裡嗎？」陳志浩開始動搖了。

「一定是的。昨天，有人來見過他們了。」丁少君說。

「等等吧！」路小紅說。

於是，再繼續等。

「見到他，講些什麼呢？」路小紅問。

「問問他安徽的情況。」陳志浩說，「吃多少大米，多少雜糧；幹什麼活；生活怎麼安排。」

「也認認人，假如能熟悉了，以後就方便多了。」丁少君說。

「我還從來沒見過安徽人呢。」路小紅出著神。

「安徽話好懂不好懂？」陳志浩有些擔心。

「總和普通話差不多吧。」丁少君說。

「那就好了。」

「大串連時，上海來了許多外地人，我看那些外地人都喜歡穿黑棉襖，黑大衣。」陳志浩說。

「我在淮海路聽兩個外地人說：上海的糖甜。我想不明白，難道外地的糖不甜的？」路小紅說。

「我串連時去過外地。外地的糖也不是不甜，而是不大甜，眞的，不大甜，而且也不大像糖。」丁少君說。

「張永明！哪位是張永明？」

接待室裡在叫著誰的名字。一夥學生呼啦一下擁上去，包圍住了一個人，七嘴八舌講著什麼，什麼也聽不清，鬧哄哄的。

他們轉過頭看著，那人很矮，卻挺壯，面孔很嚴肅，不時抬手撫摸頭髮，頭髮梳成整齊的分頭，以三七的比例分開著。一件中山裝直扣到下巴頦底下，褲子很肥大，垂著襠。皮鞋擦得鋥亮，還有，手錶的坦克鏈也很亮，一閃一閃。

他們沉默著看他。他被包圍得越來越緊，最後消失在包圍圈裡了。他們回過頭，誰也沒說話。

接待室又在叫人，不是叫他們。鬧哄哄的。

「他們住錦江飯店。」陳志浩說，他看著路小紅。

「我還從來沒進過錦江飯店哩！」路小紅說，她看著丁少君。

「我也沒進去過。」丁少君說，他看著陳志浩。

這樣，陳志浩也不好意思說他進過錦江飯店了。

「記得，這裡以前有許多店，照相館放著很多電影明星的照片。」路小紅回憶著，對陳志浩說。

「以前，這裡的商店都是非常高級的。」陳志浩對丁少君說。

「我很少來這裡，沒注意過。」丁少君對著路小紅說。

這會兒，一條長廊的櫥窗全叫排門板鎖住了，沒了，就像從來也沒有過似的。

丁少君站起來說：「我去問問，別把我們的條子漏掉了。」

他走了，擠進接待室。

陳志浩和路小紅坐在馬路邊上，看著一輛卡車轟隆隆地開過去。

「你媽媽同意你去安徽了？」路小紅問道。

「嘴上是同意了，心裡總有點嘀咕。」陳志浩說。

「你媽媽爲什麼那樣不喜歡安徽？」

「她講安徽十年九年荒，大水發起來，只有死路一條。」

「那是解放以前，現在好多了。」

「我知道。」

「你好好勸勸你媽媽。」

「我一直勸的。」陳志浩悶悶地說。

丁少君回來了，買來三根雪糕，一人一根，陳志浩卻執意不吃：

「我胃不好，立過秋就不吃冷飲了。」

「吃一根，吃不壞的。」丁少君把雪糕遞到他面前。

他推開了：「眞的不行，不是我不吃，是不好吃。」

丁少君硬往他面前推，陳志浩用手擋著。兩隻手像在角力一樣僵持著，誰都不讓步。路小紅說：

「他不吃算了，我一人吃兩根。」

丁少君的手鬆了。陳志浩說：「我坐得腳也麻了，去走一圈。」他走了，沿著長廊。

丁少君和路小紅坐在馬路邊上。

「你回去來不及燒中飯了。」丁少君說。

「不要緊的，今天我姆媽休息。」路小紅說。

「你姆媽做什麼工作？」

「出納。哎，丁少君，現在安徽還發不發大水？」

「不曉得呀！」

「要發大水怎麼辦？」

「游泳游回來，游自由式。」丁少君微笑著說。

「瞎講，游不進上海的。」路小紅也笑了。

「游得進的。」

「淮河通黃浦江嗎？」

「黃浦江通海，淮河也通海。」丁少君沉思著說。

「你怎麼曉得？」

「條條河流通大海嘛！」

「喲，李莎在那邊，要不要叫她？」路小紅說。

「不要了吧。」他商量地看著她。

「好的。」可是過了一會兒，她又說，「我想我還是過去和她招呼一下。」

「你去吧。」他戀戀不捨地目送著她去了。

陳志浩一個圈子兜回來了，站在他邊上。丁少君也站了起來。兩人站在馬路邊上。

「你們家對你去安徽不反對吧？」陳志浩問。

「他們不管我的事。」丁少君說。

「怎麼會不管呢？自己的父母。」

「是不管的，我們的父母就是這樣。」他平靜地注視著陳志浩。

「這倒也爽氣。」

「是的。哎，陳志浩，安徽還有沒有大水？」

「現在大約好點了吧！解放以前，是很可怕的，聽我阿爸講，有一年，好多好多安徽人跑到上海來討飯。」

「現在不會了吧？」

「我想現在總不會了。」

陳志浩不說話了。

丁少君也不說話了。

兩人沉默了一會兒，丁少君說：

「陳志浩，我還沒有謝謝你呢。」

「謝什麼？」

「你忘了？」

「哦，不用謝。」

「陳志浩，對不起。」

「對不起什麼？更加沒來由了。」陳志浩勉強笑道。

丁少君還要說什麼，路小紅走來了，便不再說什麼了。

他們三個人站成一個三角形，陳志浩和丁少君站在上街沿，路小紅站在下街沿。太陽正午了，曬得熱了。

35

工宣隊謝師傅把他們三個叫攏來了說：「再給你們的集體戶增加一個女生。」

「誰？」

「從閘北區轉來的。」

「爲什麼要派個閘北區來的？」

「她是投親奔友插隊，閘北區沒有她要去的那個縣，就轉來了。」

他們順著謝師傅的指點轉過頭去，見角落裡站著一個女生。瘦瘦的，黃黃的頭髮編成兩根不長不短的辮子。朝他們膽怯地微笑著。

「過來，劉業蘭，認識認識。」謝師傅叫她。

她怯怯地走了過來。

「你們自己談談吧。」然後，謝師傅走了。

「你老家在那裡？」路小紅問她。

「哎。」她垂下眼睛，手插在兩用衫的口袋裡。

「你老家有什麼人？」

「都是老遠的遠親了，不過都是和我們一個姓，我們的老祖宗是一個。」她回答。她的上海話說得生硬，夾雜著蘇北口音。

「你們是怎麼跑到上海來了呢？」陳志浩問。

「是我爺爺那一輩來的，大概是逃大水吧！」

他們三人相對著看了一眼。

「既然那裡的人你都不認識，你爲什麼一定要到那裡去插隊呢？」丁少君問。

「我們是一個祖宗嘛！他們會照應我的。」劉業蘭一急，說起蘇北話來。閘北那一帶，蘇北人多，全說的蘇北話。

「當年，就你們一家跑出來了嗎？」

「不，好多好多人呢！有的在路上死了，有的在外面扎根了，像我們家一樣，還有的又轉回去了。我們那莊出來的人，到處都有：上海、北京、天津、南京、蚌埠。大凡姓劉的，說不定都是大劉莊的哩。」她不無驕傲地說。

他們笑了。

她也笑了。

氣氛融洽起來了。

「我們四個人在一起好好過，他們會對我們好的。」劉業蘭自信地說。

「那麼，你會說安徽話囉？」路小紅問。

「會的。」

「你們家都說安徽話？」

「我們都說上海話，可是也會說安徽話。」

「你能不能說給我們聽聽。」路小紅請求道。

於是，她說了一段。

他們三個人互相看看，沉默著。過了一會兒，路小紅小心地說：

「可我覺得，你說的是蘇北話。」

她沮喪地住了嘴，停了一會兒，小聲說：「我說的確實是安徽話。」

爲了安慰她，路小紅又問：「你知道，去大劉莊是怎麼走的嗎？」

「先乘火車，到蚌埠；然後坐船。下了船，再走二十里地，就是了。」她說。

36

初冬的一個晚上，他們上火車了。

火車鳴叫了一聲，動了。

第七章

37

百歲子和滿意子在拾掇小勉家的兩間舊草房。這兩間舊草房原是小勉老太爺住的。前幾日，她老太爺坐在牆根曬太陽，一口氣沒上來，去了。隊裡就借下了這兩間屋，拾掇拾掇給下放的學生住。

「那飛機，咦唏，還沒飛哩，抹彎的時候，喘口氣就能把人沖化了。」

「不能吧，喘氣咋能把人沖化了？」

「你不信算了。我們在飛機場外邊修路，裡面就出了一樁事故。」

「事故？」

「事故。一車的貨，全是機器，鐵傢伙。沒放好位置，飛機要抹彎了，慢慢地抹著，屁股後頭慢慢地噴氣，一傢伙，把一車的貨全沖散了。那一車的鐵傢伙，像泥捏似的，全爛了。」

「眞是的嗎？」

「信不信隨你。」

「那怪嚇人的，離遠點才好。」

「你想湊近也沒得湊。城裡的一般人都別想搭飛機，要幹部才能呢。」

「飛機快嗎？」

百歲子根本不屑回答。

「比火車呢？」滿意子還問。

「嗨，你眞迂，眞是個老迂。火車能和飛機比嗎？一個是地上走的，一個是天上飛的。

大馬跑得再快，有大雁快嗎？」

「沒有。」

「比起飛機，火車只能算老牛破車了。」

「那麼，有時候，我在地裡幹活，看天上有架飛機，飛得才慢，半晌才挪動似的。」

「你看到的怕是飛機的魂吧。飛機哪容你睜眼看，一眨眼，就沒了。」

「咦唏！」

書記走過門口，伸頭看看：

「別拉了，快幹活吧！」

百歲子當沒聽見，掏出菸來，慢慢地點著，慢慢地吸。

書記也當作沒看見，走了。

「百歲子，上海學生咋過來呢?搭車?搭船?」

百歲子吐出一口煙，慢悠悠地說：

「搭一夜火車，到蚌埠；再搭一夜船，下了船，再走二十里地，就到大劉莊了。」

「不近哩!」

「也不遠。」

一九八四年七月二十五日

一九八四年八月三日上海

王安憶主要作品目錄

簡體字版

1.《雨，沙沙沙》（小說集） 百花文藝出版社，一九八一年
2.《黑黑白白》（兒童文學作品集） 少年兒童出版社，一九八三年
3.《王安憶中短篇小說集》 中國青年出版社，一九八三年
4.《流逝》（小說集） 四川人民出版社，一九八三年；「新經典文庫」，春風文藝出版社，二〇〇二年
5.《尾聲》（小說集） 四川人民出版社，一九八三年
6.《揚起理想的風帆》（論述集） 中國青年出版社，一九八三年
7.《小鮑莊》（中短篇小說集） 上海文藝出版社，一九八六年；二〇〇二年二版
8.《黃河故道人》（長篇小說） 四川文藝出版社，一九八六年
9.《69屆初中生》（長篇小說） 中國青年出版社，一九八六年；北岳文藝出版社，二〇〇一年
10.《母女漫遊美利堅》（遊記） 與茹志鵑合著，上海文藝出版社，一九八六年

11.《蒲公英》（散文集） 上海文藝出版社，一九八八年
12.《海上繁華夢》（小說集） 花城出版社，一九八九年
13.《旅德的故事》（遊記） 江蘇文藝出版社，一九九〇年
14.《流水三十章》（長篇小說） 上海文藝出版社，一九九〇年；二〇〇二年二版
15.《神聖祭壇》（小說集） 人民文學出版社，一九九一年
16.《米尼》（長篇小說） 江蘇文藝出版社，一九九二年
17.《故事和講故事》（文學理論集） 浙江文藝出版社，一九九二年
18.《荒山之戀》（小說集）「跨世紀文叢」，長江文藝出版社，一九九三年；南粵出版社，一九九八年；「拾穗者」，中國當代中篇小說經典文庫，中國文聯出版社，二〇〇三年
19.《烏托邦詩篇》（中篇小說集） 華藝出版社，一九九四年
20.《紀實與虛構：創造世界方法之一種》（長篇小說） 人民文學出版社，一九九四年；二〇〇一年二版
21.《父系和母系的神話》（長篇小說） 浙江文藝出版社，一九九四年
22.《乘火車旅行》（散文集） 中國華僑出版社，一九九四年
23.《長恨歌》（長篇小說） 作家出版社，一九九五年；天地圖書公司，一九九六年；人民文學出版社，二〇〇四年

24.《中國當代作家選集叢書．王安憶》（中短篇小說集）　人民文學出版社，一九九五年；明報出版社，一九九六年

25.《傷心太平洋》（小說集）　華藝出版社，一九九五年；「中國小說五十強一九七八～二〇〇〇」，時代文藝出版社，二〇〇一年

王安憶自選集共六種　作家出版社，一九九六年

26.《王安憶自選集之一．海上繁華夢》

27.《王安憶自選集之二．小城之戀》

28.《王安憶自選集之三．香港的情與愛》

29.《王安憶自選集之四．漂泊的語言》

30.《王安憶自選集之五．米尼》

31.《王安憶自選集之六．長恨歌》

32.《人世的沉浮》（中篇小說集）　文匯出版社，一九九六年

33.《王安憶短篇小說集》　明天出版社，一九九七年

34.《心靈世界》（文學理論集）　復旦大學出版社，一九九七年

35.《姊妹們》（小說自選集）　華夏出版社，一九九七年

36.《重建象牙塔》（散文集）　遠東出版社，一九九七年

37.《屋頂上的童話》（小說集） 山東友誼出版社，一九九七年
38.《一個故事的三種講法》（兒童長篇小說） 明天出版社，一九九七年
39.《獨語》（散文集） 湖南文藝出版社，一九九八年
40.《接近世紀初》（散文集） 浙江文藝出版社，一九九八年
41.《塞上五記》（散文集） 吉林攝影出版社，一九九九年
42.《王安憶散文》（散文集） 華夏出版社，一九九九年
43.《王安憶小說選》（英漢對照） 中國文學出版社，一九九九年
44.《隱居的時代》（中短篇小說集） 上海文藝出版社，一九九九年；二〇〇二年二版
45.《我愛比爾》（中篇小說） 南海出版社，二〇〇〇年
46.《妹頭》（中篇小說） 南海出版社，二〇〇〇年
47.《男人和女人　女人和城市》（散文集） 雲南人民出版社，二〇〇〇年；二〇〇四年二版
48.《崗上的世紀》（小說集） 雲南人民出版社，二〇〇〇年
49.《富萍》（長篇小說） 湖南文藝出版社，二〇〇〇年
50.《剃度》（短篇小說集） 南海出版社，二〇〇〇年
51.《歌星日本來》（散文集） 北岳文藝出版社，二〇〇〇年
52.《窗外與窗裡》（散文集） 瀋陽出版社，二〇〇一年；廣州出版社，二〇〇一年

53. 《我讀我看》（散文集） 上海人民出版社，二〇〇一年
54. 《弟兄們》（中短篇小說集） 中國文聯出版社，二〇〇一年
55. 《三戀》（中篇小說集） 浙江文藝出版社，二〇〇一年
56. 《尋找上海》（散文集） 學林出版社，二〇〇一年
57. 《文工團》（小說集） 文化藝術出版社，二〇〇一年
58. 《上種紅菱下種藕》（長篇小說） 南海出版社，二〇〇二年
59. 《茜紗窗下》（散文集） 上海文藝出版社，二〇〇二年
60. 《現代生活》（中短篇小說集） 雲南人民出版社，二〇〇二年
61. 《憂傷的年代》（小說集） 新世界出版社，二〇〇二年
62. 《桃之夭夭》（長篇小說） 南海出版社，二〇〇三年
63. 《王安憶說》（演講訪談集） 湖南文藝出版社，二〇〇三年
64. 《酒徒》（小說集） 江蘇文藝出版社，二〇〇三年
65. 《王安憶文集》（小說集） 長江文藝出版社，二〇〇四年
66. 《王安憶中篇小說選》 上海社會科學院出版社，二〇〇四年
67. 《乘公共汽車旅行》（散文集） 中國福利會出版社，二〇〇四年
68. 《小城之戀》（中篇小說） 中國電影出版社，二〇〇四年

69.《錦繡谷之戀》（中篇小說） 中國電影出版社，二〇〇四年
70.《叔叔的故事》（中篇小說） 中國電影出版社，二〇〇四年
71.《遍地梟雄》（長篇小說） 文匯出版社、上海文藝出版社，二〇〇五年
72.《她從那條路上來》（長篇小說） 茹志鵑著，王安憶編，內蒙古人民出版社，二〇〇五年；上海文藝出版社，二〇〇五年
73.《稻香樓》（小說集） 春風文藝出版社，二〇〇五年
74.《小說家的十三堂課》（文學理論集） 上海文藝出版社，二〇〇五年
75.《街燈底下》（散文集） 山東畫報出版社，二〇〇五年
76.《王安憶讀書筆記》（論述集） 新星出版社，二〇〇七年
77.《王安憶導修報告》（講學報告） 新星出版社，二〇〇七年

繁體字版

1.《雨，沙沙沙》（小說集） 新地出版社，一九八八年
2.《叔叔的故事》（中篇小說） 業強出版社，一九九一年；麥田出版社，二〇〇四年
3.《逐鹿中街》（小說集） 麥田出版社，一九九二年；二〇〇三年二版
4.《香港情與愛》（小說集） 麥田出版社，一九九四年；二〇〇二年二版

5.《紀實與虛構——上海的故事》（長篇小說）　麥田出版社，一九九六年；二〇〇二年精裝版
6.《風月——陳凱歌、王安憶的文學電影劇本》　遠流出版社，一九九六年
7.《長恨歌》（長篇小說）　麥田出版社，一九九六年；二〇〇五年新版
8.《憂傷的年代》（小說集）　麥田出版社，一九九八年
9.《處女蛋》（中篇小說）　麥田出版社，一九九八年
10.《隱居的時代》（小說集）　麥田出版社，一九九九年
11.《獨語》（散文集）　麥田出版社，二〇〇〇年
12.《妹頭》（中篇小說）　麥田出版社，二〇〇一年
13.《富萍》（長篇小說）　麥田出版社，二〇〇一年
14.《尋找上海》（散文集）　印刻出版社，二〇〇二年
15.《上種紅菱下種藕》（長篇小說）　一方出版社，二〇〇二年；麥田出版社，二〇〇六年
16.《剃度》（小說集）　麥田出版社，二〇〇二年
17.《我讀我看》（散文集）　一方出版社，二〇〇二年
18.《小說家的13堂課》（原題《心靈世界》，文學理論集）　印刻出版社，二〇〇二年
19.《米尼》（長篇小說）　印刻出版社，二〇〇三年
20.《海上繁華夢》（小說集）　印刻出版社，二〇〇三年

21.《現代生活》(小說集) 一方出版社,二〇〇三年
22.《閣樓》(小說集) 印刻出版社,二〇〇三年
23.《流逝》(小說集) 印刻出版社,二〇〇三年
24.《兒女英雄傳》(中篇小說) 麥田出版社,二〇〇三年
25.《桃之夭夭》(長篇小說) 印刻出版社,二〇〇四年
26.《王安憶的上海》(散文集) 香港三聯書店,二〇〇四年
27.《遍地梟雄》(長篇小說) 麥田出版社,二〇〇五年
28.《冷土》(小說集) 印刻出版社,二〇〇六年
29.《化妝間》(短篇小說集) 二魚文化出版社,二〇〇六年
30.《小說家的讀書密碼》(文學理論集) 麥田出版社,二〇〇六年
31.《啓蒙時代》(長篇小說) 麥田出版社,二〇〇七年
32.《傷心太平洋》(中篇小說集) 印刻出版社,二〇〇七年
33.《崗上的世紀》(中篇小說集) 印刻出版社,二〇〇八年

26.	迷蝶	廖咸浩著	260元
27.	美麗新世紀	廖咸浩著	220元
28.	台灣原住民族漢語文學選集——詩歌卷	孫大川主編	220元
29.	台灣原住民族漢語文學選集——散文卷（上）	孫大川主編	200元
30.	台灣原住民族漢語文學選集——散文卷（下）	孫大川主編	200元
31.	台灣原住民族漢語文學選集——小說卷（上）	孫大川主編	300元
32.	台灣原住民族漢語文學選集——小說卷（下）	孫大川主編	300元
33.	台灣原住民族漢語文學選集——評論卷（上）	孫大川主編	300元
34.	台灣原住民族漢語文學選集——評論卷（下）	孫大川主編	300元
35.	長袍春秋——李敖的文字世界	曾遊娜、吳創合著	280元
36.	天機	履　彊著	220元
37.	究極無賴	成英姝著	200元
38.	遠方	駱以軍著	290元
39.	學飛的盟盟	朱天心著	240元
40.	加羅林魚木花開	沈花末著	200元
41.	最後文告	郭　箏著	180元
42.	好個翹課天	郭　箏著	200元
43.	空望	劉大任著	260元
44.	醜行或浪漫	張　煒著	300元
45.	出走	施逢雨著	400元
46.	夜夜夜麻一二	紀蔚然著	180元
47.	桃之夭夭	王安憶著	200元
48.	蒙面叢林	吳音寧、馬訶士著	280元
49.	甕中人	伊格言著	230元
50.	橋上的孩子	陳　雪著	200元
51.	獵人們	朱天心著	260元
52.	異議分子	龔鵬程著	380元
53.	布衣生活	劉靜娟著	230元
54.	玫瑰阿修羅	林俊穎著	200元
55.	一人漂流	阮慶岳著	220元
56.	彼岸	王孝廉著	230元
57.	一個青年小說家的誕生	藍博洲著	200元
58.	浮生閒情	韓良露著	220元
59.	可臨視堡的風鈴	夏　菁著	280元
60.	比我老的老頭	黃永玉著	280元
61.	海風野火花	楊佳嫻著	230元

62.	家住聖・安哈塔村	丘彥明著	240元
63.	海神家族	陳玉慧著	320元
64.	慢船去中國——范妮	陳丹燕著	300元
65.	慢船去中國——簡妮	陳丹燕著	240元
66.	江山有待	履　彊著	240元
67.	海枯石	李　黎著	240元
68.	我們	駱以軍著	280元
69.	降生十二星座	駱以軍著	180元
70.	嬉戲	紀蔚然著	200元
71.	好久不見——家庭三部曲	紀蔚然著	280元
72.	無傷時代	童偉格著	260元
73.	冬之物語	劉大任著	240元
74.	紅色客家庄	藍博洲著	220元
75.	擦身而過	莫　非著	180元
76.	蝴蝶	陳　雪著	200元
77.	夢中情人	羅智成著	200元
78.	稍縱即逝的印象	王聰威著	240元
79.	時間歸零	林文義著	240元
80.	香港的白流蘇	于　青著	200元
81.	少年軍人的戀情	履　彊著	200元
82.	閱讀的故事	唐　諾著	350元
83.	不死的流亡者	鄭　義主編	450元
84.	荒島遺事	鄭鴻生著	260元
85.	陳春天	陳　雪著	280元
86.	重逢——夢裡的人	李　喬著	280元
87.	母系銀河	周芬伶著	220元
88.	消失的台灣醫界良心	藍博洲著	280元
89.	影癡謀殺	紀蔚然著	150元
90.	當黃昏緩緩落下	黃榮村著	150元
91.	威尼斯畫記	李　黎著	180元
92.	善女人	林俊穎著	240元
93.	荷蘭牧歌	丘彥明著	260元
94.	上海探戈	程乃珊著	300元
95.	中山北路行七擺	王聰威著	200元
96.	日本四季	張燕淳著	350元
97.	惡女書	陳　雪著	230元

98.	亂	向　陽著	180元
99.	流旅	林文義著	200元
100.	月印萬川	劉大任著	260元
101.	月蝕	施珮君著	240元
102.	北溟行記	龔鵬程著	240元
103.	像一盒巧克力——當代文學文化評論	范銘如著	220元
104.	流浪報告——一個台灣旅人的法國行腳	阿　沐著	220元
105.	之後	張耀仁著	240元
106.	終於直起來	紀蔚然著	200元
107.	無限的女人	孫瑋芒著	280元
108.	1945光復新聲——台灣光復詩文集	曾健民編著	280元
109.	我未來次子關於我的回憶	駱以軍著	240元
110.	辦公室	胡晴舫著	200元
111.	凱撒不愛我	王健壯著	240元
112.	吳宇森電影講座	卓伯棠主編	280元
113.	明明不是天使	林　維著	280元
114.	天使熱愛的生活	陳　雪著	220元
115.	呂赫若小說全集（上）	呂赫若著／林至潔譯	350元
116.	呂赫若小說全集（下）	呂赫若著／林至潔譯	350元
117.	我愛羅	駱以軍著	270元
118.	腳跡船痕	廖鴻基著	320元
119.	莎姆雷特——狂笑版	李國修著	220元
120.	CODE人心弦——漫遊達文西密碼現場	伍臻祥著	240元
121.	流離記意——無法寄達的家書	外台會策畫	260元
122.	腿	陳志鴻著	180元
123.	幸福在他方	林文義著	240元
124.	餘生猶懷一寸心	葉芸芸著	360元
125.	你的聲音充滿時間	楊佳嫻著	180元
126.	時光隊伍	蘇偉貞著	270元
127.	粉紅樓窗	周芬伶著	220元
128.	一個人@東南亞	梁東屏著	260元
129.	人生，從那岸到這岸	外台會策畫	240元
130.	浮花飛絮張愛玲	李　黎著	200元
131.	二○○一：迴游之旅	張　復著	240元
132.	野翰林——高陽研究	鄭　穎著	300元
133.	鱷魚手記	邱妙津著	240元

134.	蒙馬特遺書	邱妙津著	200元
135.	鏡花園	林俊穎著	240元
136.	無人知曉的我	陳　雪著	280元
137.	哀豔是童年	胡淑雯著	230元
138.	棗與石榴	尉天驄著	240元
139.	孤單情書	袁瓊瓊著	200元
140.	玉山魂	霍斯陸曼・伐伐著	330元
141.	老憨大傳	郭　楓著	400元
142.	走進福爾摩沙時光步道	曾心儀著	300元
143.	反叛的凝視——他們如何改變世界？	張鐵志著	199元
144.	繾綣情書	袁瓊瓊著	200元
145.	小說地圖	鄭樹森著	180元
146.	史前生活	賴香吟著	200元
147.	霧中風景	賴香吟著	200元
148.	晚晴	劉大任著	260元
149.	冰火情書	袁瓊瓊著	200元
150.	真情活歷史——布袋戲王黃海岱	邱坤良著	180元
151.	掌上風雲一世紀——黃海岱的布袋戲生涯	黃俊雄等著	280元
152.	聖與魔——台灣戰後小說的心靈圖象	周芬伶著	320元
153.	陳黎談藝論樂集	陳　黎著	280元
154.	陳黎情趣散文集	陳　黎著	280元
155.	最美的時刻	明夏・柯內留斯著／楊夢茹譯	260元
156.	航海家的臉	夏曼・藍波安著	200元
157.	時光倒影	周志文著	240元
158.	老師的十二樣見面禮	簡　媜著	320元
159.	樂園不下雨	李　黎著	240元
160.	南方澳大戲院興亡史	邱坤良著	320元
161.	曖昧情書	袁瓊瓊著	200元
162.	白米不是炸彈	楊儒門著	260元
163.	江湖在哪裡？——台灣農業觀察	吳音寧著	450元
164.	態度	陳思宏著	260元
165.	哈德遜書稿	陸先恆著	240元
166.	自己的空間：我的觀影自傳	李歐梵著	240元
168.	紅樓人物的人格論解	余　昭著	300元
169	談文藝　憶師友——夏自清自選集	夏志清著	320元
170.	色戒愛玲	蔡登山著	200元

171.	從諾貝爾到張愛玲	鄭樹森著	260元
172.	認得幾個字	張大春著	280元
173.	項美麗在上海	王　璞著	290元
174.	一個女人的筆記──盛氏家族・邵洵美與我	盛佩玉著	330元
175.	相忘於江湖	張輝誠著	260元
176.	邱妙津日記（上下）平裝	邱妙津著	599元
177.	夢中邊陲	羅智成著	220元
178.	東谷沙飛傳奇	乜寇・索克魯曼著	300元
179.	殘念	顏忠賢著	260元
180.	紅樓人物的人格論解	余　昭著	300元
181.	絳唇珠袖兩寂寞──京劇・女書	王安祈著	320元
183.	經典可以這樣讀──于丹・易中天演講對談錄	于丹、易中天著	240元
184.	消逝在二二八迷霧中的王添灯	藍博洲著	340元
185.	張愛玲來信箋註	莊信正著	230元
186.	孤獨，凌駕於一切	艾　雯著	220元
187.	事後──香港文化誌	陳冠中著	260元
188.	慕尼黑白	陳玉慧著	299元
189.	余光中六十年詩選	陳芳明選編	360元
190.	愛無饜	林郁庭文／歐笠嵬圖	320元
191.	鄉關處處──外省人返鄉探親照片故事書	外台會策劃	260元
192.	她睡著時他最愛她	陳　雪著	230元
193.	匿逃者	賴志穎著	240元
194.	天不再空	余　非著	260元
195.	草莓牛奶の望鄉	陳南宗著	260元
196.	匆忙的文學	邱立本著	280元
197.	紫花	徐譽誠著	220元
198.	閒走@東南亞	梁東屏著	260元

王安憶作品集 7

崗上的世紀

作　　者　王安憶
總 編 輯　初安民
責任編輯　王文娟
美術編輯　黃昶憲
校　　對　余淑宜　王文娟　丁名慶

發 行 人　張書銘
出　　版　INK印刻文學生活雜誌出版有限公司
台北縣中和市中正路800號13樓之3
電話：02-22281626
傳真：02-22281598
e-mail:ink.book@msa.hinet.net
網　　址　舒讀網http://www.sudu.cc

法律顧問　漢廷法律事務所
劉大正律師
總 代 理　展智文化事業股份有限公司
電話：02-22533362・22535856
傳真：02-22518350
郵政劃撥　19000691 成陽出版股份有限公司
印　　刷　海王印刷事業股份有限公司

出版日期　2008年 8 月 初版
ISBN　978-986-6631-02-3

定價　280元

國家圖書館出版品預行編目資料

崗上的世紀／王安憶　著
－－初版.－－台北縣中和市：INK印刻文學，2008.8
面；　公分.--（王安憶作品集；7）
ISBN 978-986-6631-02-3（平裝）

857.63　　97005607

INK INK INK INK INK INK
K INK INK INK INK INK IN
INK INK INK INK INK INK
K INK INK INK INK INK IN
INK INK INK INK INK INK
K INK INK INK INK INK IN
INK INK INK INK INK INK
K INK INK INK INK INK IN
INK INK INK INK INK INK
K INK INK INK INK INK IN
INK INK INK INK INK INK
K INK INK INK INK INK IN
INK INK INK INK INK INK
K INK INK INK INK INK IN
INK INK INK INK INK INK
K INK INK INK INK INK IN
INK INK INK INK INK INK
K INK INK INK INK INK IN
INK INK INK INK INK INK
K INK INK INK INK INK IN
INK INK INK INK INK INK
K INK INK INK INK INK IN
INK INK INK INK INK INK
K INK INK INK INK INK IN

INK INK INK INK INK INK
NK INK INK INK INK INK IN
INK INK INK INK INK INK
NK INK INK INK INK INK IN
INK INK INK INK INK INK
NK INK INK INK INK INK IN
INK INK INK INK INK INK
NK INK INK INK INK INK IN
INK INK INK INK INK INK
NK INK INK INK INK INK IN
INK INK INK INK INK INK
NK INK INK INK INK INK IN
INK INK INK INK INK INK
NK INK INK INK INK INK IN
INK INK INK INK INK INK
NK INK INK INK INK INK IN
INK INK INK INK INK INK
NK INK INK INK INK INK IN
INK INK INK INK INK INK
NK INK INK INK INK INK IN
INK INK INK INK INK INK
NK INK INK INK INK INK IN
INK INK INK INK INK INK
NK INK INK INK INK INK IN